老舍短篇小說選集

BEST SHORT STORIES OF LAU SHE

2

目錄

微神

清明已過了，大概是；海棠花不是都快開齊了嗎？今年的節氣自然是晚了一些，蝴蝶們還很弱；蜂兒可是一出世就那麼挺拔，好像世界確是甜蜜可喜的。天上只有三四塊不大也不笨重的白雲，燕兒們給白雲上釘小黑丁字玩呢。沒有什麼風，可是柳枝似乎故意的輕擺，像逗弄著四外的綠意。田中的清綠輕輕的上了小山，因為嬌弱怕累得慌，似乎是，越高綠色越淺了些；山頂上還是些黃多於綠的紋縷呢。山腰中的樹，就是不綠的也顯出柔嫩來，山後的藍天也是暖和的，不然，大雁們為何唱著向那邊排著隊去呢？石凹藏著些怪害羞的三月蘭，葉兒還趕不上花朵大。

小山的香味只能閉著眼吸取，省得勞神去找香氣的來源，你看，連去年的落葉都怪好聞的。那邊有幾隻小白山羊，叫的聲兒恰巧使欣喜不至過度，因為有些悲意。偶爾走過一隻來，沒長犄角就留下鬍的小動物，向一塊大石發了會兒楞，又顛顛著俏式的小尾巴跑了。

我在山坡上曬太陽，一點思念也沒有，可是自然而然的從心中滴下些詩的珠子，滴在胸中的綠海上，沒有聲響，只有些波紋走不到腮上便散了的微笑；可是始終也沒成功一整句。一個詩的宇宙裡，連我自己好似只是詩的什麼地方的一個小符號。

越曬越輕鬆，我體會出蝶翅是怎樣的歡欣。我摟著膝，和柳枝同一律動前後左右的微動，柳枝上每一黃綠的小葉都是聽著春聲的小耳勺兒。有時看看天空，啊，謝謝那塊白雲，它的邊上還有個小燕呢，小得已經快和藍天化在一處了，像萬頃藍光中的一粒黑痣，我的心靈像要往那兒飛似的。

遠處山坡的小道，像地圖上綠的省分裡一條黃線。往下看，一大片麥田，地勢越來越低，似乎是由山坡上往那邊流動呢，直到一片暗綠的松樹把它截住，很希望松林那邊是個海灣。及至我立起來，往更高處走了幾步，看看，不是；那邊是些看不甚清的樹，樹中有些低矮的村舍；一陣小風吹來極細的一聲雞叫。

春晴的遠處雞聲有些悲慘，使我不曉得眼前一切是眞還是虛，它是夢與眞實中間的一道用聲音作的金線；我頓時似乎看見了個血紅的雞冠：在心中，村舍中，或是哪兒，有隻——希望是雪白的——公雞。

我又坐下了；不，隨便的躺下了。眼留著個小縫收取天上的藍光，越看越深，越高；同時也往下落著光暖的藍點，落在我那離心不遠的眼睛上。不大一會兒，我便閉上了眼，看著心內的晴空與笑意。

---

1 四外：四周、野外，到處之意。

我沒睡去，我知道已離夢境不遠，但是還聽得清清楚楚小鳥的相喚與輕歌。說也奇怪，每逢到似睡非睡的時候，我才看見那塊地方——不曉得一定是哪裡，可是在入夢以前它老是那個樣兒浮在眼前。就管它叫作夢的前方吧。這塊地方並沒有多大，沒有山，沒有海。像一個花園，可又沒有清楚的界限。差不多是個不甚規則的三角，三個尖端浸在流動的黑暗裡。一角上——我永遠先看見它——是一片金黃與大紅的花，密密層層！沒有陽光，一片紅黃的後面便全是黑暗，可是黑的背景使紅黃更加深厚，就好像大黑瓶上畫著紅牡丹，深厚得至於使美中有一點點恐怖。黑暗的背景，我明白了，使紅黃的一片抱住了自己的彩色，不向四外走射一點；況且沒有陽光，彩色不飛入空中，而完全貼染在地上。我老先看見這塊，一看見它，其餘的便不看也會知道的，正好像一看見香山，準知道碧雲寺在哪兒藏著呢。

其餘的兩角，左邊是一個斜長的土坡，滿蓋著灰紫的野花，在不漂亮中有些深厚的力量，或者月光能使那灰的部分多一些銀色，顯出點詩的靈空；但是我不記得在哪兒有個小月亮。無論怎樣，我也不厭惡它。不，我愛這個似乎被霜弄暗了的紫色，像年輕的母親穿著暗紫長袍。右邊的一角是最漂亮的，一處小草房，門前有一架細蔓的月季，滿開著單純的花，全是淺粉的。

設若我的眼由左向右轉，灰紫、紅黃、淺粉，像是由秋看到初春，時候倒流；生命不但不是由盛而衰，反倒是以玫瑰作香色雙豔的結束。

三角的中間是一片綠草，深綠、軟厚、微濕；每一短葉都向上挺著，似乎是聽著遠處的雨聲。

沒有一點風，沒有一個飛動的小蟲；一個鬼豔的小世界，活著的只有顏色。

在眞實的經驗中，我沒見過這麼個境界。可是它永遠存在，在我的夢前。英格蘭的深綠，蘇格蘭的紫草小山，德國黑林的幽晦，或者是它的祖先們，但是誰準知道呢。從赤道附近的濃豔中減去陽光，也有點像它，但是它又沒有虹樣的蛇與五彩的禽，算了吧，反正我認識它。

我看見它多少多少次了。它和「山高月小，水落石出」，是我心中的一對畫屏。可是我沒到那個小房裡去過。我不是被那些顏色吸引得不動一動，便是由它的草地上恍惚的走入另種色彩的夢境。它是我常遇到的朋友，彼此連姓名都曉得，只是沒細細談過心。我不曉得它的中心是什麼顏色的，是含著一點什麼神祕的音樂——眞希望有點響動！

這次我決定了去探險。

一想就到了月季花下，或也許因爲怕聽我自己的足音？月季花對於我是有些端陽前後的暗示，我希望在哪兒貼著張深黃紙，印著個硃紅的判官，在兩束香艾的中間。沒有。只在我心中聽見了聲「櫻桃」的吆喝。這個地方是太靜了。

小房子的門閉著，窗上門上都擋著牙白的簾兒，並沒有花影，因爲陽光不足。裡邊什麼動靜也沒有，好像它是寂寞的發源地。輕輕的推開門，靜寂與整潔雙雙的歡迎我進去，是歡迎我；室中的一切是「人」的，假如外面景物是「鬼」的——希望我沒用上過於強烈的字。

一大間，用幔帳截成一大一小的兩間。幔帳也是牙白的，上面繡著些小蝴蝶。外間只有一條長案，一個小橢圓桌兒，一把椅子，全是暗草色的，沒有油飾過。椅上的小墊是淺綠的，桌上有幾本書。案上有一盆小松，兩方古銅鏡，鏽色比小松淺些。內間有一個小床，罩著一塊快垂到地上的綠毯。床首懸著一個小籃，有些快乾的茉莉花。地上鋪著一塊長方的蒲墊，墊的旁邊放著一雙繡白花的小綠拖鞋。

我的心跳起來了！我絕不是入了複雜而光燦的詩境；平淡樸美是此處的音調，也不是幻景，因爲我認識那隻繡著白花的小綠拖鞋。

愛情的故事往往是平凡的，正如春雨秋霜那樣平凡。可是平凡的人們偏愛在這些平凡的事中找些詩意；那麼，想必是世界上多數的事物是更缺乏色彩的；可憐的人們！希望我的故事也有些應有的趣味吧。

沒有像那一回那麼美的了。我說「那一回」，因爲在那一天那一會兒的一切都是美的。她家中的那株海棠花正開成一個大粉白的雪球；沿牆的細竹剛拔出新筍；天上一片嬌晴；她的父母都沒在家；大白貓在花下酣睡。聽見我來了，她像燕兒似的從簾下飛出來；沒顧得換鞋，腳下一雙小綠拖鞋像兩片嫩綠的葉兒。她喜歡得像清早的陽光，腮上的兩片蘋果比往常紅著許多倍，似乎有兩顆香紅的心在臉上開了兩個小井，溢著紅潤的胭脂泉。那時她還梳著長黑辮。

她父母在家的時候，她只能隔著窗兒望我一望，或是設法在我走去的時節，和我笑一笑。這一次，她就像一個小貓遇上了個好玩的伴兒；我一向不曉得她「能」這樣的活潑。在一同往屋中走的工夫，她的肩挨上了我的。我們都才十七歲。我們都沒說什麼，可是四隻眼彼此告訴我們是欣喜到萬分。我最愛看她家壁上那張工筆百鳥朝鳳；這次，我的眼勻不出工夫來。我看著那雙小綠拖鞋；她往後收了收腳，連耳根兒都有點紅了；可是仍然笑著。我想問她的功課，沒問；想問新生的小貓有全白的沒有，沒問；心中的問題多了，只是口被一種什麼力量給封起來，我知道她也是如此，因爲看見她的白潤的脖兒直微微的動，似乎要將些不相干的言語咽下去，而眞値得一說的又不好意思說。

她在臨窗的一個小紅木凳上坐著，海棠花影在她半個臉上微動。有時候她微向窗外看看，大概是怕有人進來。及至看清了沒人，她臉上的花影都被歡悅給浸漬得紅豔了。她的兩手交換著輕輕的摸小凳的沿，顯著不耐煩，可是歡喜的不耐煩。最後，她深深的看了我一眼，極不願意而又不得不說的說，「走吧！」我自己已忘了自己，只看見，不是聽見，兩個什麼字由她的口中出來？可是在心的深處猜對那兩個字的意思，因爲我也有點那樣的關切。我的心不願動，我的腦知道非走不可。我的眼盯住了她的。她要低頭，還沒低下去，便又勇敢的抬起來，故意的，不怕的，羞而不肯羞的，迎著我的眼。直到不約而同的垂下頭去，又不約而同的抬起來，又那麼看。心似乎已碰著心。

我走，極慢的，她送我到簾外，眼上蒙了一層露水。我走到二門[2]，回了回頭，她已趕到海棠花下。我像一個羽毛似的飄蕩出去。

以後，再沒有這種機會。

有一次，她家中落了，並不使人十分悲傷的喪事。在燈光下我和她說了兩句話。她穿著一身孝衣。手放在胸前，擺弄著孝衣的扣帶。站得離我很近，幾乎能彼此聽得見臉上熱力的激射，像雨後的禾穀那樣帶著聲兒生長。可是，只說了兩句極沒有意思的話——口與舌的一些動作：我們的心並沒管它們。

我們都二十二歲了，可是五四運動還沒降生呢。男女的交際還不是普通的事。我畢業後便作了小學的校長，平生最大的光榮，因爲她給了我一封賀信。信箋的末尾——印著一枝梅花——她注了一行：不要回信。我也就沒敢寫回信。可是我好像心中燃著一束火把，無所不盡其極的整頓學校。我拿辦好了學校作爲給她的回信；她也在我的夢中給我鼓著得勝的掌——那一對連腕也是玉的手！

提婚是不能想的事。許多許多無意識而有力量的阻礙，像個專以力氣自雄的惡虎，站在我們中間。

有一件足以自慰的，我那繫在心上的耳朵始終沒聽到她的訂婚消息。還有件比這更好的事，我兼任了一個平民學校的校長，她擔任著一點功課。我只希望能時時見到她，不求別的。她呢，她知道怎麼躲避我——已經是個二十多歲的大姑娘。她失去了十七八歲時的天真與活潑，可是增加了女子的尊嚴與神祕。

又過了二年，我上了南洋。到她家辭行的那天，她恰巧沒在家。

在外國的幾年中，我無從打聽她的消息。直接通信是不可能的。間接探問，又不好意思。只好在夢裡相會了。說也奇怪，我在夢中的女性永遠是「她」。夢境的不同使我有時悲泣，有時狂喜；戀的幻境裡也自有一種味道。她，在我的心中，還是十七歲時的樣子：小圓臉，眉眼清秀中帶著一點媚意。身量不高，處處都那麼柔軟，走路非常的輕巧。那一條長黑的髮辮，造成最動心的一個背影。我也記得她梳起頭來的樣兒，但是我總夢見那帶辮的背影。

回國後，自然先探聽她的一切。一切消息都像謠言，她已作了暗娼！

就是這種刺心的消息，也沒減少我的熱情；不，我反倒更想見她，更想幫助她。我到她家去。已不在那裡住，我只由牆外看見那株海棠樹的一部分。房子早已賣掉了。

---

2 二門：在四合院的配置中，一共有兩道門用以連通裡外，意即宅裡宅外。第一道門是大門，因著風水的考量，均設在宅院的前左角，即東南角，是為青龍門。第二道門是為二門，也稱「垂花門」，因門上繁複的雕刻裝飾如花朵般垂落而名之。兩道門之間，有一處狹長空間，是為「外宅」，招呼客人的客廳、佣人房、門房以及馬號都位在此處；垂花門內則為「內宅」，裡頭為四合院主人一家人的起居臥室等生活空間。

到底我找到她了。她已剪了髮，向後梳攏著，在項部有個大綠梳子。穿著一件粉紅長袍，袖子僅到肘部，那雙臂，已不是那麼活軟的了。臉上的粉很厚，腦門和眼角都有些褶子。可是她還笑得很好看，雖然一點活潑的氣象也沒有了。設若把粉和油都去掉，她大概最好也只像個產後的病婦。她始終沒正眼看我一次，雖然臉上並沒有羞愧的樣子，她也說也笑，只是心沒在話與笑中，好像完全應酬我。我試著探問她些問題與經濟狀況，她不大願意回答。她點著一支香菸，煙很靈通的從鼻孔出來，她把左膝放在右膝上，仰著頭看煙的升降變化，極無聊而又顯著剛強。我的眼濕了，她不會看不見我的淚，可是她沒有任何表示。她不住的看自己的手指甲，又輕輕的向後按頭髮，似乎她只是爲它們活著呢。提到家中的人，她什麼也沒告訴我。我只好走吧。臨出來的時候，我把住址告訴給她——深願她求我，或是命令我，作點事。她似乎根本沒往心裡聽，一笑，眼看看別處，沒有往外送我的意思。她以爲我是出去了，其實我是立在門口沒動，這麼著，她一回頭，我們對了眼光。只是那麼一擦似的她轉過頭去。

初戀是青春的第一朵花，不能隨便擲棄。我托人給她送了點錢去。留下了，並沒有回話。

朋友們看出我的悲苦來，眉頭是最會出賣人的。他們善意的給我介紹女友，慘笑的搖首是我的回答。我得等著她。初戀像幼年的寶貝永遠是最甜蜜的，不管那個寶貝是一個小布人，還是幾塊小石子。慢慢的，我開始和幾個最知己的朋友談論她，他們看在我的面上沒說她什麼，可是假裝鬧著玩似的暗刺我，他們看我太愚，也就是說她不配一戀。他們越這樣，我越頑固。是她打開了我的愛的園門，我得和她走到山窮水盡。憐比愛少著些味道，可是更多著些人情。不久，我托友人向她說明，我願意娶她。我自己沒膽量去。友人回來，帶回來她的幾聲狂笑。她沒說別的，只狂笑了一陣。她是笑誰？笑我的愚，很好，多情的人不是每每有些傻氣嗎？這足以使人得意。笑她自己，那只是因爲不好意思哭，過度的悲鬱使人狂笑。

愚癡給我些力量，我決定自己去見她。要說的話都詳細的編製好，演習了許多次，我告訴自己——只許勝，不許敗。她沒在家。又去了兩次，都沒見著。第四次去，屋門裡停著小小的一口薄棺材，裝著她。她是因打胎而死。一籃最鮮的玫瑰，瓣上帶著我心上的淚，放在她的靈前，結束了我的初戀，開始終生的虛空。爲什麼她落到這般光景？我不願再打聽。反正她在我心中永遠不死。

我正呆看著那小綠拖鞋，我覺得背後的幔帳動了一動。一回頭，帳子上繡的小蝴蝶在她的頭上飛動呢。她還是十七八歲時的模樣，還是那麼輕巧，像仙女飛降下來還沒十分立穩那樣立著。我往後退了一步，似乎是怕一往前湊就能把她嚇跑。這一退的工夫，她變了，變成二十多歲的樣子。她也往後退了，隨退，隨著臉上加著皺紋。她狂笑起來。我坐在那個小床上。剛坐下，我又起來了，撲過她去，極快；她在這極短的時間內，又變回十七歲時的樣子。在一秒鐘裡我看見她半生的變化，她像是不受時間的拘束。我坐在椅子上，她坐在我的懷中。我自己也恢復了十五六年前臉上的紅色，我覺得出。我們就這樣坐著，聽著彼此心血的潮蕩。不知有多麼久。最後，我找到聲音，唇貼著她的耳邊，問：「你獨自住在這裡？」

「我不住在這裡；我住在這兒。」她指著我的心說。

「始終你沒忘了我，那麼？」我握緊了她的手。

「被別人吻的時候，我心中看著你！」

「可是你許別人吻你？」我並沒有一點妒意。

「愛在心裡，唇不會閒著；誰教你不來吻我呢？」

「我不是怕得罪你的父母嗎？不是我上了南洋嗎？」

她點了點頭，「懼怕使你失去一切，隔離使愛的心慌了。」

她告訴了我，她死前的光景。在我出國的那一年，她的母親死去。她比較得自由了一些。出牆的花枝自會招來蜂蝶，有人便追求她。她還想念著我，可是肉體往往比愛少些忍耐力，愛的花不都是梅花。她接受了一個青年的愛，因爲他長得像我。他非常的愛她，可是她還忘不了我，肉體的獲得不就是愛的滿足，相似的容貌不能代替愛的眞形。他疑心了，她承認了她的心是在南洋。他們倆斷絕了關係。這時候，她父親的財產全丟了。她非嫁人不可。她把自己賣給一個闊家公子，爲是供給她的父親。

「你不會去教學掙錢？」我問。

「我只能教小學，那點薪水還不夠父親買煙[3]吃的！」

我們倆都楞起來。我是想：假使我那時候回來，以我的經濟能力說，能供給得起她的父親嗎？我還不是大睜白眼的看著她賣身？

「我把愛藏在心中，」她說，「拿肉體掙來的茶飯營養著它。我深恐肉體死了，愛便不存在，其實我是錯了；先不用說這個吧。他非常的妒忌，永遠跟著我，無論我是幹什麼。上哪兒去，他老隨著我。他找不出我的破綻來，可是覺得出我是不愛他。慢慢的，他由討厭變為公開的辱罵我，甚至於打我，他逼得我沒法不承認我的心是另有所寄。忍無可忍也就顧不及飯碗問題了。他把我趕出來，連一件長衫也沒給我留。我呢，父親照樣和我要錢，我自己得吃得穿，而且我一向吃好的穿好的慣了。為滿足肉體，還得利用肉體，身體是現成的本錢。凡給我錢的便買去我點筋肉的笑。我很會笑：我照著鏡子練習那迷人的笑。環境的不同使人作退一步想，這樣零賣，倒是比終日叫那一個闊公子管著強一些。在街上，有多少人指著我的後影歎氣，可是我到底是自由的，有時候我與些打扮得不漂亮的女子遇上，我也有些得意。我一共打過四次胎，但是創痛過去便又笑了。

「最初，我頗有一些名氣，因為我既是作過富宅的玩物，又能識幾個字，新派舊派的人都願來照顧我。我沒工夫去思想，甚至於不想積蓄一點錢，我完全為我的服裝香粉活著。今天的漂亮是

3 煙：此指鴉片煙。

今天的生活，明天自有明天管照著自己，身體的疲倦，只管眼前的刺激，不顧將來。不久，這種生活也不能維持了。父親的煙是無底的深坑。打胎需要花許多費用。以前不想剩錢；錢自然不會自己剩下。我連一點無聊的傲氣也不敢存了。我得極下賤的去找錢了，有時是明搶。有人指著我的後影歎氣，我也回頭向他笑一笑了。打一次胎增加兩三歲。鏡子是不欺人的，我已老醜了。瘋狂足以補足衰老。我盡著肉體的所能伺候人們，不然，我沒有生意。我敞著門睡著，我是大家的，不是我自己的。一天二十四小時，什麼時間也可以買我的身體。我消失在欲海裡。在清醒的世界中我並不存在。我的手指算計著錢數。我不思想，只是盤算——怎能多進五毛錢。我不哭，哭不好看。只爲錢著急，不管我自己。」

她休息了一會兒，我的淚已滴濕她的衣襟。

「你回來了！」她繼續著說：「你也三十多了；我記得你是十七歲的小學生。你的眼已不是那年——多少年了？——看我那雙綠拖鞋的眼。可是，你，多少還是你自己，我，早已死了。你可以繼續作那初戀的夢，我已無夢可作。我始終一點也不懷疑，我知道你要是回來，必定要我。及至見著你，我自己已找不到我自己，拿什麼給你呢？你沒回來的時候，我永遠不拒絕，不論是對誰說，我是愛你；你回來了，我只好狂笑。單等我落到這樣，你才回來，這不是有意戲弄人？假如你永遠不回來，我老有個南洋作我的夢景，你老有個我在你的心中，豈不很美？你偏偏回來了，而且回來這樣遲——」

「可是來遲了並不就是來不及了。」我插了一句。

「晚了就是來不及了。我殺了自己。」

「什麼?」

「我殺了我自己。我命定的只能住在你心中,生存在一首詩裡,生死有什麼區別?在打胎的時候我自己下了手。有你在我左右,我沒法子再笑。不笑,我怎麼掙錢?只有一條路,名字叫死。你回來遲了,我別再死遲了:我再晚死一會兒,我便連住在你心中的希望也沒有了。我住在這裡,這裡便是你的心。這裡沒有陽光,沒有聲響,只有一些顏色。顏色是更持久的,顏色畫成咱們的記憶。看那雙小鞋,綠的,是點顏色,你我永遠認識它們。」

「但是我也記得那雙腳。許我看看嗎?」

她笑了,搖搖頭。

我很堅決,我握住她的腳,扯下她的襪,露出沒有肉的一隻白腳骨。

「去吧!」她推了我一把。「從此你我無緣再見了!我願住在你的心中,現在不行了;我願在你心中永遠是青春。」太陽已往西斜去;風大了些,也涼了些,東方有些黑雲。春光在一個夢中慘澹了許多。我立起來,又看見那片暗綠的松樹。立了不知有多久。遠處來了些蠕動的小人,隨著一些聽不甚眞的音樂。越來越近了,田中驚起許多白翅的鳥,哀鳴著向山這邊飛。我看清了,一群人們匆匆的走,帶起一些灰土。三五鼓手在前,幾個白衣人在後,最後是一口棺材。春天也要埋人

陽光

一

想起幼年來，我便想到一株細條而開著朵大花的牡丹，在春晴的陽光下，放著明豔的紅瓣兒與金黃的蕊。我便是那朵牡丹。偶爾有一點愁惱，不過像一片早霞，雖然沒有陽光那樣鮮亮，到底還是紅的。我不大記得幼時有過陰天；不錯，有的時候確是落了雨，可是我對於雨的印象是那美的虹，積水上飛來飛去的蜻蜓，與帶著水珠的花。自幼我就曉得我的嬌貴與美麗。自幼我便比別的小孩精明，因爲我有機會學事兒。要說我比別人多會著什麼，倒未必；我並不須學習什麼。可是我精明，這大概是因爲有許多人替我作事；我一張嘴，事情便作成了。這樣，我的聰明是在怎樣支使人，和判斷別人作得怎樣：好，還是不好。所以我精明。別人比我低，所以纔受我的支使；別人比我笨，所以纔不能老滿足我的心意。地位的優越使我精明。可是我不願承認地位的優越，而永遠自信我很精明。因此，不但我是在陽光中，而且我自居是個明豔光暖的小太陽；我自己發著光。

二

我的父母兄弟，要是比起別人的，都很精明體面。可是跟我一比，他們還不算頂精明，頂體面。父母只有我這麼一個女兒，兄弟只有我這麼一個姊妹，我天生來得可貴。連父母都得聽我的話。我永遠是對的。我要在平地上跌倒，他們便爭著去責打那塊地；我要是說蘋果咬了我的唇，他們便齊聲的罵蘋果。我並不感謝他們，他們應當服從我。世上的一切都應當服從我。

三

記憶中的幼年是一片陽光，照著沒有經過排列的顏色，像風中的一片各色的花，搖動複雜而濃豔。我也記得我曾害過小小的病，但是病更使我嬌貴，添上許多甜美的細小的悲哀，與意外的被人憐愛。我現在還記得那透明的冰糖塊兒，把藥汁的苦味減到幾乎是可愛的。在病中我是溫室裡的早花，雖然稍微細弱一些，可是更秀麗可喜。

四

到學校去讀書是較大的變動，可是父母的疼愛與教師的保護使我只記得我的勝利，而忘了那一點點痛苦。在低級裡，我已經覺出我自己的優越。我不怕生人，對著生人我敢唱歌，跳舞。我的裝束永遠是最漂亮的。我的成績也是最好的；假若我有作不上來的，回到家中自有人替我作成，而最高的分數是我的。因爲這些學校中的訓練，我也在親友中得到美譽與光榮，我常去給新娘子拉紗，或提著花籃，我會眼看著我的腳尖慢慢的走，覺出我的腮上必是紅得像兩瓣兒海棠花。我的玩具，我的學校用品，都證明我的闊綽。我很驕傲，可也有時候很大方，我愛誰就給誰一件東西。在我生氣的時候，我隨便撕碎摔壞我的東西，使大家知道我的脾氣。

五

入了高小[1]，我開始覺出我的價值。我厲害，我美麗，我會說話，我背地裡聽見有人講究我，說我聰明外露，說我的鼻孔有點向上翻著。我對著鏡子細看，是的，他們說對了。但是那並不減少我的美麗。至於聰明外露，我喜歡這樣。我的鼻孔向上撐著點，不但是件事實而且我自傲有這件事實。我覺出我的鼻孔可愛，它向上翻著點，好像是藐視一切，和一切挑戰；我心中的最厲害的話先由鼻孔透出一點來；當我說過了那樣的話，我的嘴唇向下撇一些，把鼻尖墜下來，像花朵在晚間自己併上那樣甜美的自愛。對於功課，我不大注意；我的學校裡本來不大注意功課。況且功課與我沒多大關係，我和我的同學們都是闊家的女兒，我們顧衣裳與打扮還顧不來，哪有工夫去管功課呢。

1 高小：指小學高年級。

學校裡的窮人是先生與工友們！我們不能聽工友的管轄，正像不能受先生們的指揮。先生們也知道她們不應當管學生。況且我們的名譽並不因此而受損失；講跳舞，講唱歌，講演劇，都是我們的最好，每次賽會都是我們第一。就是手工圖畫也是我們的最好，我們買得起的材料，別的學校的學生買不起。我們說不上愛學校與先生們來，可也不恨它與他們，我們的光榮常常與學校分不開。

六

在高小裡，我的生活不盡是陽光了。有時候我與同學們爭吵得很厲害。雖然勝利多半是我的，可是在戰鬥的期間到底是費心勞神的。我們常因服裝與頭髮的式樣，或別種小的事，發生意見，分成多少黨。我總是作首領的。我得細心的計畫，因爲我是首領。我天生來是該作首領的，多數的同學好像是木頭作的，只能服從，沒有一點主意；我是她們的腦子。

七

在畢業的那一年，我與班友們都自居爲大姑娘了。我們非常的愛上學。不是對功課有興趣，而是我們愛學校中的自由。我們三個一羣，兩個一夥，擠著摟著，充分自由的講究那些我們並不十分明白而願意明白的事。我們不能在另一個地方找到這種談話與歡喜，我們不再和小學生們來往，我們所知道的和我們以爲已經知道的那些事使我們覺得像小說中的女子。我們什麼也不知道，也不願意知道什麼；我們只喜愛小說中的人與事。我們交換著知識使大家都走入一種夢幻境界。我們知道許多女俠，許多烈女，許多不守規矩的女郎。可是我們所最喜歡的是那種多心眼的，癡情的女子，像林黛玉那樣的。我們都願意聰明，能說出些尖酸而傷感的話。我們管我們的課室叫「大觀園」。是的，我們也看電影，但是電影中的動作太粗野，不像我們理想中的那麼纏綿。我們既都是闊家的女兒，在談話中也低聲報告著在家中各人所看到的事，關於男女的事。這些事正如電影中的，能滿足我們一時的好奇心，而沒有多少味道。我們不希望幹那些姨太太們所幹的事，我們都自居為眞正的愛人，有理想，有癡情；雖然我們並不懂得什麼。無論怎說吧，我們的一半純潔一半汙濁的心使我們願意聽那些壞事，而希望自己保持住嬌貴與聰明。我們是一羣十四五歲的鮮花。

八

在初入中學的時候，我與班友們由大姑娘又變成了小姑娘；高年級的同學看不起我們。她們不但看不起我們，也故意的戲弄我們。她們常把我們捉了去，作她們的dear，大學生[2]自居為男子。這個，使我們害羞，可是並非沒有趣味。這使我覺到一些假裝的，同時又有點味道的，愛戀情味。我們彷彿是由盆中移到地上的花，雖然環境的改變使我們感覺不安，可是我們也正在吸收新的更有力

2大學生：並非真的是大學生，而是年級比較高，年紀比較大的學生。

的滋養；我們覺出我們是女子，覺出女子的滋味，而自惜自憐。在這個期間，我們對於電影開始吃進點味兒；看到男女的長吻，我們似乎明白了些意思。

九

到了二三年級，我們不這麼老實了。我簡直可以這麼說，這二年是我的黃金時代。高年級的學生沒有我們的膽量大，低年級的有我們在前面擋著也鬧不起來；只有我們，既然和高年級的同學學到了許多壞招數，又不像新學生那樣怕先生。我們要幹什麼便幹什麼。高年級的學生會思索，我們不必思索；我們的臉一紅，動作就跟著來了，像一口血似的啐出來。我們粗暴，小氣，使人難堪，一天到晚唧唧咕咕，笑不正經笑，哭也不好生哭。我非常好動怒，看誰也不順眼。我愛作的不就去好好作，我不愛作的就乾脆不去作，沒有理由，更不屑於解釋。這樣，我的脾氣越大，膽子也越大。我不怕男學生追我了。我與班友們都有了追逐的男學生。而且以此爲榮。可是男學生並追不上我們，他們只使我們心跳，使我們彼此有得談論，使我們成了電影狂。及至有機會眞和男人——親戚或家中的朋友——見面，我反倒吐吐舌頭或端端肩膀，說不出什麼，更談不到交際。在事後，我覺得洩氣，不成體統，可是沒有辦法。人是要慢慢長起來的，我現在明白了。但是，無論怎說吧，這是個黃金時代；一天一天糊糊塗塗的過去，完全沒有憂慮，像棵傻大的熱帶的樹，常開著花，一年四季是春天。

一〇

提到我的聰明，哼，我的鼻尖還是向上翻著點；功課呢，雖然不能算是最壞的，可至好也不過將就得個丙等。作小孩的時候，我願意人家說我聰明；入了中學，特別是在二三年級的時候，我討厭人家誇獎我。自然我還沒完全丟掉爭強好勝的心，可是不在功課上；因此，對於先生的誇獎我覺得討厭；有的同學在功課上處處求好，得到榮譽，我恨這樣的人。在我的心裡，我還覺得我聰明；我以爲我是不屑於表現我的聰明，所以得的分數不高；那能在功課上表現出才力來的不過是多用著點工夫而已，算不了什麼。我纔不那麼傻用工夫，多演幾道題，多作一些文章，幹什麼用呢？我的父母並沒仗著我的學問纔有飯吃。況且我的美已經是出名的，報紙上常有我的像片，稱我爲高材生，大家閨秀。用功與否有什麼關係呢？我是個風箏，高高的在春雲裡，大家都仰著頭看我，我只須幌動著，在春風裡遊戲便夠了。我的上下左右都是陽光。

十一

可是到了高年級，我不這麼野調無腔的了。我好像開始覺到我有了個固定的人格，雖然不似我想像的那麼固定，可是我覺得自己穩重了一些，身中彷彿有點沉重的氣兒。我想，這一方面是由於我的家庭，一方面是由於我自己的發育，而成的。我的家庭是個有錢而自傲的，不允許我老淘氣精似的；我自己呢，從身體上與心靈上都發展著一些精微的，使我自憐的什麼東西。我自然的應當自重。因爲自重，我甚至於有時候循著身體或精神上的小小病痛，而顯出點可憐的病態與嬌羞。我好像正在培養著一種美，叫別人可憐我而又得尊敬我的美。我覺出我的尊嚴，而願顯露出自己的嬌弱。其實我的身體很好。因爲身體好，所以纔想像到那些我所沒有的姿態與秀弱。我彷彿要把女性所有的一切動人的情態全吸收到身上來。女子對於美的要求，至少是我這麼想，是得到一切，要不然便什麼也沒有也好。因爲這個絕對的要求，我們能把自己的一點美好擴展得像一個美的世界。我們醉心的搜求發現這一點點美所包含的力量與可愛。不用說，這樣發現自己，欣賞自己，不知不覺的有個目的，爲別人看。在這個時節我對於男人是老設法躲避的。我知道自己的美，而不能輕易給誰，我是有價值的。我非常的自傲，理想很高。影影抄抄的[3]我想到假如我要屬於哪個男人，他必是世間罕有的美男子，把我帶到天上去。

十二

因爲家裡有錢，所以我得加倍的自尊自傲。有錢，自然得驕傲；因爲錢多而發生的不體面的事，使我得加倍驕傲。我這時候有許多看不上眼的事都發生在家裡，我得裝出我們是清白的；錢買不來道德，我得裝成好人。我家裡的人用錢把別人家的女子買來，而希望我給他們轉過臉來。別人家的女兒可以糟蹋在他們的手裡，他們的女子——我——可得純潔，給他們爭臉面。我父親，哥哥，都弄來女人，他們的亂七八糟都在我眼裡。這個使我輕看他們，也使他們更重看我，他們可以胡鬧，我必須貞潔。我是他們的希望。這個，使我清醒了一些，不能像先前那麼歡蹦亂跳的了。

十三

可是在清醒之中，我也有時候因身體上的刺激，與心裡對父兄的反感，使我想到去浪漫。我憑什麼爲他們而守身如玉呢？我的臉好看，我的身體美好，我有青春，我應當在個愛人的懷裡。我還沒想到結婚與別的大問題，我只想把青春放出一點去，像花不自己老包著香味，而是隨著風傳到遠處去。在這麼想的時節，我心中的天是藍得近乎翠綠，我是這藍綠空中的一片桃紅的霞。可是一回到家中，我看到的是黑暗。我不能不承認我是比他們優越，於是我也就更難處置自己。即使我要肉體上的快樂，我也比他們更理想一些。因此，我既不能完全與他們一致，又恨我不能實際的得到什麼。我好像是在黃昏中，不像白天也不像黑夜。我失了我自幼所有的陽光。

3影影抄抄：本指古時為了保存或流通書籍而進行的謄錄作業，意即仿照書籍原樣加以描摹、抄寫，是為影寫本、影抄本。作者在此加以延伸，指具體而真實之意。

十四

我很想用功，可是安不下心去。偶爾想到將來，我有點害怕：我會什麼呢？假若我有朝一日和家庭鬧翻了，我仗著什麼活著呢？把自己細細的分析一下，除了美麗，我什麼也沒有。可是再一想呢，我不會和家中決裂；即使是不可免的，現在也無須那樣想。現在呢，我是富家的女兒；將來我總不至於陷在窮苦中吧。我慶幸我的命運，以過去的幸福預測將來的一帆風順。在我的手裡，不會有惡劣的將來，因爲目前我有一切的幸福。何必多慮呢，憂慮是軟弱的表示。我的前途是征服，正像我自幼便立在陽光裡，我的美永遠能把陽光吸了來。在這個時候，我聽見一點使我不安的消息：家中已給我議婚了。

十五

我纔十九歲！結婚，這並沒嚇住我；因爲我老以爲我是個足以保護自己的大姑娘。可是及至這好像眞事似的要來到頭上，我想起我的歲數來，我有點怕了。我不應這麼早結婚。即使非結婚不可，也得容我自己去找到理想的英雄；我的同學們哪個不是抱著這樣的主張，況且我是她們中最聰明的呢。可是，我也偷偷聽到，家中所給提的人家，是很體面的，很有錢，有勢力；我又痛快了點。並不是我想隨便的被家裡把我聘出去，我是覺出我的價値——不論怎說，我要是出嫁，必嫁個闊公子，跟我的兄弟一樣。我過慣了舒服的日子，不能嫁個窮漢。我必須繼續著在陽光裡。這麼一想，我想像著我已成了個少奶奶，什麼都有，金錢，地位，服飾，僕人，這也許是有趣的。這使我有點害羞，可也另有點味道，一種渺茫而並非不甜美的味道。

十六

這可只是一時的想像。及至我細一想，我決定我不能這麼斷送了自己；我必須先嘗著一點愛的味道。我是個小姐，但是在愛的裡面我滿可以把「小姐」放在一邊。我忽然想自由，而自由必先平等。假如我愛誰，即使他是個叫化子也好。這是個理想；非常的高尚，我覺得。可是，我能不能愛個叫化子呢？不能！先不用提乞丐，就是拿個平常人說吧，一個小官，或一個當教員的，他能養得起我嗎？別的我不知道，我知道我不會受苦。我生來是朵花，花不會工作，也不應當工作。花只嫁給富麗的春天。我是朵花，就得有花的香美，我必須穿得華麗，打扮得動人，有隨便花用的錢，還有愛。這不是野心，我天生的是這樣的人，應當享受。假若有愛而沒有別的，我沒法想到愛有什麼好處。我自幼便精明，這時候更需要精明的思索一番了。我真用心思索了，思索的甚至於有點頭疼。

十七

我的不安使我想到動作。我不能像鄉下姑娘那樣安安頓頓的被人家娶了走。我不能。可是從另一方面想，我似乎應當安頓著。父母這麼早給我提婚，大概就是怕我不老實而丟了他們的臉。他們想乘我還全鬚全尾的送了出去，成全了他們的體面，免去了累贅。為作父母的想，這或者是很不錯的辦法，但是我不能忍受這個；我自己是個人，自幼兒嬌貴；我還是得作點什麼，作點驚人的，浪漫的，而又不吃虧的事。說到歸齊[4]，我是個「新」女子呀，我有我的價值呀！

十八

機會來了！我去給個同學作伴娘，同時覺得那個伴郎似乎可愛。即使他不可愛，在這麼個場面下，也當可愛。看著別人結婚是最受刺激的事：新夫婦，伴郎伴娘，都在一團喜氣裡，都拿出生命中最像玫瑰的顏色，都在花的香味裡。愛，在這種時候，像風似的颾出去颾回來，大家都蕩漾著。我覺得我應當落在愛戀裡，假如這個場面是在愛的風裡。我，說真的，比全場的女子都美麗。設若在這裡發生了愛的遇合，而沒有我的事，那是個羞辱。全場中的男子就是那個伴郎長得漂亮，我要征服，就得是他。這自然只是環境使我這麼想，我還不肯有什麼舉動；一位小姐到底是小姐。雖然我應當要什麼便過去拿來，可是愛情這種事頂好得維持住點小姐的身分。及至他看我了，我可是沒了主意。也就不必再想主意，他先看我的，我總算沒丟了身分。況且我早就想他應當看我呢。他或者是早讀明白了我的心意，而不能不照辦；他既是照我的意思辦，那就不必再否認自己了。

十九

事過之後，我走路都特別的爽利。我的胸脯向來沒這樣挺出來過，我不曉得爲什麼我老要笑；身上輕得像根羽毛似的。在我要笑的時節，我渺茫的看到一片綠海，被春風吹起些小小的浪。我是這綠波上的一隻小船，掛著雪白的帆，在陽光下緩緩的漂浮，一直漂到那滿是桃花的島上。我想不到什麼更具體的境界與事實，只感到我是在春海上遊戲。我倒不十分的想他，他不過是個靈感。我還不會想到他有什麼好處，我只覺得我的初次的勝利，我開始能把我的香味送出去，我開始看見一個新的境界，認識了個更大的宇宙，山水花木都由我得到鮮豔的顏色與會笑的小風。我有了力量，四肢有了彈力，我忘了我的聰明與厲害，我溫柔得像一團柳絮。我設若不能再見到他，我想我不會惦記著他，可是我將永久忘不下這點快樂，好像頭一次春雨那樣不易被忘掉。有了這次春雨，一切便有了主張，我會去創造一個頂完美的春天。我的心展開了一條花徑，桃花開後還有紫荊呢。

二十

可是，他找我來了。這個破壞了我的夢境，我落在塵土上，像隻傷了翅的蝴蝶。我不能不拿出

4 歸齊：本為一共、總共之意，此指說到底、終歸之意。

我在地上的手段來了。我不答理他，我有我的身分。我毫不遲疑的拒絕了他。等他羞慚的還勉強笑著走去之後，我低著頭慢慢的走，我的心中看清楚我全身的美，甚至我的後影。我是這樣的美，我覺得我是立在高處的一個女神刻像，只准人崇拜，不許動手來摸。我有女神的美，也有女神的智慧與尊嚴。

二十一

過了一會兒，我又盼他再回來了：不是我盼望他，惦記他；他應當回來，好表示出他的虔誠，女神有時候也可以接收凡人的愛，只要他虔誠。果然在不久之後，他又來了。這使我心裡軟了點。可是我還不能就這麼輕易給他什麼，我自幼便精明，不能隨便任著衝動行事。我必須把他揉搓得像塊皮糖；能繞在我的小手指上，我纔能給他所要求的百分之一二。愛是一種遊戲，可由得我出主意。我眞有點愛他了，因爲他供給了我作遊戲的材料。我總讓他聞見我的香味，而這個香味像一層厚霧隔開他與我，我像霧後的一個小太陽，微微的發著光，能把四圍射成一圈紅暈，但是他覺不到我的熱力，也看不清楚我。我非常的高興，我覺出我青春得老練，像座小春山似的，享受著春的雨露，而穩固不能移動。我自信對男人已有了經驗，似乎把我放在什麼地方，我也可以有辦法。我沒有可怕的了，我不再想林黛玉，黛玉那種女子已經死絕了。

二十二

因此我越來越膽大了。我的理想是變成電影中那個紅髮女郎，多情而厲害，可以叫人握著手，及至他要吻的時候，就掄手給他個嘴巴。我不稀罕他請我看電影，請我吃飯，或送給我點禮物。我自己有錢。我要的是香火，我是女神。自然我有時候也希望一個吻，可是我的愛應當是另一種，一種沒有吻的愛，我不是普通的女子。他給我開了愛的端，我只感激他這點；我的腳底下應有一羣像他的青年男子；我的腳是多麼好看呢！

二十三

家中還進行著我的婚事。我暗中笑他們，一聲兒不出。我等著。等到有了定局再說，我會給他們一手兒看看。是的，我得多預備人，萬一到和家中鬧翻的時候，好挑選一個捉住不放。我在同學中成了頂可羨慕的人，因爲我敢和許多男子交際。那些只有一個愛人的同學，時常的哭，把眼哭得桃兒似的。她們只有一個愛人，而且任著他的性兒欺侮，怎能不哭呢。我不哭，因爲我有準備。我看不起她們，她們把小姐的身分作丟了。她們管哭哭啼啼叫作愛的甘蔗，我纔不吃這樣的甘蔗，我和她們說不到一塊。她們沒有腦子。她們常受男人的騙。回到宿舍哭一整天，她們引不起我的同情，她們該受騙！我在愛的海邊游泳，她們閉著眼往裡跳。這羣可憐的東西。

二十四

中學畢了業，我要求家中允許我入大學。我沒心程讀書，只爲多在外面玩玩，本來嗎，洗衣有老媽，作衣裳有裁縫，作飯有廚子，教書有先生，出門有汽車，我學本事幹什麼呢？我得入學，因爲別的女子有入大學的，我不能落後；我還想出洋呢。學校並不給我什麼印象，我只記得我的高跟鞋在洋灰路上或地板上的響聲，咯噔咯噔的，怪好聽。我的宿室頂闊氣，床下堆著十來雙鞋，我永遠不去整理它們，就那麼堆著。屋中越亂越顯出闊氣。我打扮好了出來，像個青蛙從水中跳出，誰也想不到水底下有泥。我的眉須畫半點多鐘，哪有工夫去收拾屋子呢？趕到下雨的天，鞋上沾了點泥，我纔去訪那好清潔的同學，把泥留在她的屋裡。她們都不敢惹我。入學不久我便被舉爲學校的皇后。與我長得同樣美的都失敗了，她們沒有腦子，沒有手段；我有。在中學交的男朋友全斷絕了關係，連那個伴郎。我的身分更高了，我的閱歷更多了，我既是皇后，至少得有個皇帝作我的愛人。被我拒絕了的那些男子還有時候給我來信，都說他們常常因想我而落淚；落吧，我有什麼法子呢？他們說我狠心，我何嘗狠心呢？我有我的身分，理想，與美麗。愛和生命一樣，經驗越多便越高明，聰明的愛是理智的，多咱[5]愛把心迷住——我由別人的遭遇看出來——便是悲劇。我不能這麼辦。作了皇后以後，我的新朋友很多很多了。我戲耍他們，嘲弄他們，他們都羊似的馴順老實。這幾乎使我絕望了，我找不到可征服的，他們永遠投降，沒有一點戰鬥的心思與力量。誰說男子強硬呢？我還沒看見一個。

二十五

我的辦法使我自傲，但是和別人的一比較，我又有點嫉妒：我覺得空虛。別的女同學們每每因爲戀愛的波折而極傷心的哭泣，或因戀愛的成功而得意，她們有哭有笑，我沒有。在一方面呢，我自信比她們高明，在另一方面呢，我又希望我也應表示出點眞的感情。可是我表示不出，我只會裝假，我的一切舉動都被那個「小姐」管束著，我沒了自己。說話，我團著舌頭；行路，我扭著身兒；笑，只有聲音。我作小姐作慣了，凡事都有一定的程式[6]，我找不到自己在哪兒。因此，我也想熱烈一點，愚笨一點，也使我能眞哭眞笑。可是不成功。我沒有可哭的事，我有一切我所需要的；我也不會狂喜，我不是三歲的小孩兒能被一件玩藝兒哄得跳著腳兒笑。我看父母，他們的悲喜也多半是假的，只在說話中用幾個適當的字表示他們的情感，並不眞動感情。有錢，天下已沒有可悲的事；欲望容易滿足，也就無從狂喜；他們微笑著表示出氣度不凡與雍容大雅。可是我自己到底

5 多喒：喒，即「咱」，指「我」。多喒，在此為方言，與「咱」無涉，是「早晚」兩個字的合音，為任何時候之意。

6 程式：此指須遵循的一套行為式樣與守則。

是個青年女郎，似乎至少也應當偶然愚傻一次，我太平淡無奇了。這樣，我開始和同學們搗亂了，誰叫她們有哭有笑而我沒有呢？我設法引誘她們的「朋友」，和她們爭鬥，希望因失敗或成功而使我的感情運動運動。結果，女同學們眞恨我了，而我還是覺不到什麼重大的刺激。我太聰明了，開通了，一定是這樣；可是幾時我纔能把心打開，覺到一點眞的滋味呢？

二十六

我幾乎有點著急了，我想我得閉上眼往水裡跳一下，不再細細的思索，跳下去再說。哼，到了這個時節，也不知怎麼了，男子不上我的套兒了。他們跟我敷衍，不更進一步使我嘗著眞的滋味，他們怕我。我眞急了，我想哭一場；可是無緣無故的怎好哭呢？女同學們的哭都是有理由的。我怎能白白的不爲什麼而哭呢？況且，我要是眞哭起來，恐怕也得不到同情，而只招她們暗笑。我不能丟這個臉。我眞想不再讀書了，不再和這羣破同學們周旋了。

二十七

正在這個期間，家中已給我定了婚。我可眞得細細思索一番了。我是個小姐——我開始想——小姐的將來是什麼？這麼一問我把許多男朋友從心中注銷了。這些男朋友都不能維持住我——小姐——所希望的將來。我的將來必須與現在差不多，最好是比現在還好上一些。家中給找的人有這個能力；我的將來，假如我願嫁他，可很保險的。可是愛呢？這可有點不好辦。那羣破女同學在許多事上不如我，可是在愛上或者足以向我誇口；我怎能在這一點上輸給她們呢？假若她們知道我的婚姻是家中給定的，她們得怎樣輕看我呢？這倒眞不好辦了！既無頂好的辦法，我得退一步想了：倘若有個男子，既然可以給我愛，而且對將來的保障也還下得去，雖不能十分滿意，我是不是該當下嫁他呢？這把小姐的身分與應有的享受犧牲了些，可是有愛足以抵補；說到歸齊，我是位新式小姐呀。是的，可以這麼辦。可是，這麼辦，怎樣對付家裡呢？奮鬥，對，奮鬥！

二十八

我開始奮鬥了，我是何等的強硬呢，強硬得使我自己可憐我自己了。家中的人也很強硬呀，我眞沒想到他們會能這麼樣。他們的態度使我懷疑我的身分了，他們一向是怕我的，爲什麼單在這件事上這麼堅決呢？大概他們是並沒有把我看在眼裡，小事由著我，大事可得他們拿主意。這可使我眞動了氣。啊，我明白了點什麼，我並不是像我所想的那麼貴重。我的太陽沒了光，忽然天昏地暗了。

二十九

怎辦呢！我既是位小姐，又是個「新」小姐，這太難安排了。我好像被圈在個夾壁牆裡了，沒法兒轉身。身分地位是必要的，愛也是必要的，沒有哪樣也不行。即使我肯捨去一樣，我應當捨去哪個呢？我活了這麼大，向來沒有著過這樣的急。我不能只爲我打算，我得爲「小姐」打算，我不是平常的女子。拋棄了我的身分，是對不起自己。我得勇敢，可不能裝瘋賣傻，我不能把自己放在危險的地方。那些男朋友都說愛我，可是哪一個能滿足我所應當要的，必得要的呢？他們多數是學生，他們自己也不準知道他們的將來怎樣；有一兩個怪漂亮的助教也跟我不錯，我能不能要個小小的助教？即使他們是教授，教授還不是一羣窮酸？我應當，必須，對得起自己，把自己放在最高最美麗的地點。

三十

奮鬥了許多日子，我自動的停戰了。家中給提的人家到底是合乎我的高尚的自尊的理想。除了欠著一點愛，別的都合適。愛，說回來，値多少錢一斤呢？我爽性不上學了，既怕同學們暗笑我，就躲開她們好了。她們有愛，愛把她們拉到泥塘裡去！我纔不那麼傻。在家裡，我很快樂，父母們對我也特別的好。我開始預備嫁衣。作好了，我偷偷的穿上看一看，戴上鑽石的戒指與胸珠，確是足以壓倒一切！我自傲幸而我機警，能見風轉舵，使自己能成爲最可羨慕的新娘子，能把一切女人壓下去。假若我只爲了那點愛，而隨便和個窮漢結婚，頭上只戴上一束紙花，手指套上個銅圈，頭紗在地上拋著一尺多，我怎樣活著，羞也羞死了！

三十一

自然我還不能完全忘掉那個無利於實際而怪好聽的字——愛。但是沒法子再轉過這個彎兒來。我只好拿這個當作一種犧牲，我自幼兒還沒犧牲過什麼，也該挑個沒多大用處的東西扔出去了。況且要維持我的「新」還另有辦法呢，只要有錢，我的服裝，鞋襪，頭髮的樣式，都足以作新女子的領袖。只要有錢，我可以去跳舞，交際，到最文明而熱鬧的地方去。錢使人有生趣，有身分，有實際的利益。我想像著結婚時的熱鬧與體面，婚後的娛樂與幸福，我的一生是在陽光下，永遠不會有一小片黑雲。我甚至於迷信了一些，覺得父母看憲書[7]，擇婚日，都是善意的，婚儀雖是新式的，可是擇個吉日吉時也並沒什麼可反對的。他們是盡其所能的使我吉利順當。我預備了一件紅小襖，到婚期好穿在裡面，以免身上太素淡了。

三十二

不能不承認我精明，我作對了！我的丈夫是個頂有身分，頂有財產，頂體面，而且頂有道德的

---

7 憲書：即曆書。事實上，中國古代皆稱曆書，後來到了清朝，為了避清高宗乾隆皇帝名字的諱（其名為愛新覺羅・弘曆），才改稱「憲書」。

人。他很精明，可是不肯自由結婚。他是少年老成，事業是新的，思想是新的，而願意保守著舊道德。他的婚姻必須經過父母之命，媒妁之言，他要給胡鬧的青年們立個好榜樣，要挽回整個社會道德的墮落。他是廿世紀的孔孟，我們的結婚像片在各報紙上刊出來，差不多都有一些評論，說我們倆是挽救頽風的一對天使！我在良心上有點害羞了，我曾想過奮鬥呢！曾經要求過愛的自由呢！幸而我轉變得那麼快，不然……

三十三

我的快樂增加了我的美麗，我覺得出全身發散著一種新的香味，我胖了一些，而更靈活，大氣，我像一隻彩鳳！可是我並不專爲自己的美麗而欣喜，丈夫的光榮也在我身上反映出去，到處我是最體面最有身分最被羨慕的太太。我隨便說什麼都有人愛聽。在作小姐的時候，我的尊傲沒有這麼足；小姐是一股清泉，太太是一座開滿了桃李的山。山是更穩固的，更大樣的，更顯明的，更有一定的形式與色彩的。我是一座春山，丈夫是陽光，射到山坡上，我腮上的桃花向陽光發笑，那些陽光是我一個人的。

三十四

可是我也必得說出來。我的快樂是對於我的光榮的欣賞，我像一朵陽光下的花，花知道什麼是快樂嗎？除了這點光榮，我必得說，我並沒有從心裡頭感到什麼可快活的。我的快活都在我見客人的時候，出門的時候，像隻掛著帆，順風而下的輕舟，在晴天碧海的中間兒。趕到我獨自坐定的時候，我覺到點空虛，近於悲哀。我只好不常獨自坐定，我把帆老掛起來，有陣風兒我便出去。我必須這樣，免得萬一我有點不滿意的念頭。我必須使人知道我快樂，好使人家羨慕我。還有呢，我必須謹愼一點，因爲我的丈夫是講道德的人，我不能得罪他而把他給我的光榮糟蹋了。我的光榮與身分値得用心看守著，可是因此我的快活有時候成爲會變動的，像忽晴忽陰的天氣，冷暖不定。不過，無論怎麼說吧，我必須努力向前；後悔是沒意思的，我頂好利用著風力把我的一生光美的渡過去；我一開首總算已遇到順風了，往前走就是了。

三十五

以前的事像離我很遠了，我沒想到能把它們這麼快就忘掉。自從結婚那一天我彷彿忽然入了另一個世界，就像在個新地方酣睡似的，猛一睜眼，什麼都是新的。及至過了相當時期，我又逐漸的把它們想起來，一個一個的，零散的，像拾起一些散在地上的珠子。趕到我把這些珠子又串起來，它們給我一些形容不出的情感，我不能再把這串珠子掛在項上，拿不出手來了。是的，我的丈夫的道德使我換了一對眼睛，用我這對新眼睛看，我幾乎有點後悔從前是那樣的狂放了。我納悶，爲什麼他——一個社會上的柱石——要娶我呢？難道他不曉得我的行爲嗎？是，我知道，我的身分家庭足以配得上他，可是他不能不知道在學校裡我是個浪漫皇后吧？我不肯問他，不問又難受。我並不怕他，我只是要明白明白。說眞的，我不甚明白，他待我很好，可是我不甚明白他。他是個太陽，給我光明，而不使我摸到他。我在人羣中，比在他面前更認識他；人們尊敬我，因爲他們尊敬他；及至我倆坐在一處，沒人提醒我或他的身分，我覺得很渺茫。在報紙上我常見到他的姓名，這個姓名最可愛；坐在他面前，我有時候忘了他是誰。他很客氣，有禮貌，每每使我想到他是我的教師或什麼保護人，而不是我的丈夫。在這種時節，似有一小片黑雲掩住了太陽。

三十六

陽光要是常被掩住，春天也可以很陰慘。久而久之，我的快活的熱度低降下來。是的，我得到了光榮，身分，丈夫；丈夫，我怎能只要個丈夫呢？我不是應當要個男子麼？一個男子，哪怕是個頂粗莽的，打我罵我的男子呢，能把我壓碎了，吻死的男子呢！我的丈夫只是個丈夫，他衣冠齊楚，談吐風雅，是個最體面的楊四郎，或任何戲臺上的穿繡袍的角色。他的行止言談都是戲文[8]兒。我這是一輩子的事呀！可是我不能馬上改變態度，「太太」的地位是不好意思隨便扔棄了的。不扔棄了吧，我又覺得空虛，生命是多麼不易安排的東西呢！當我回到母家，大家是那麼恭維我，我簡直張不開口說什麼。他們爲我驕傲，我不能鼻一把淚一把像個受氣的媳婦訴委屈，自己洩氣。在娘家的時候我是小姐，現在我是姑奶奶，作小姐的時候我厲害，作姑奶奶的更得撐起架子。我母親待我像個客人，我張不開口說什麼。在我丈夫的家裡呢，我更不能向誰說什麼，我不能和女僕們談心，我是太太。我什麼也別說了，說出去只招人笑話；我的苦處須自己負著。是呀，我滿可以冒險去把愛找到，但是我怎麼對我母家與我的丈夫呢？我並不爲他們生活著，可是我所有的光榮是他們給我的，因爲他們給我光榮，我當初纔服從他們，現在再反悔似乎不大合適吧？只有一條路給我留著呢，好好的作太太，不要想別的了。這是永遠有陽光的一條路。

三十七

人到底是肉作的。我年輕，我美，我閒在[9]，我應當把自己放在血肉的濃豔的香膩的旋風裡，不能呆呆對著鏡子，看著自己消滅在冰天雪地裡。我應當從各方面豐富自己，我不是個尼姑。這麼一想我管不了許多了。況且我若是能小心一點呢——我是有聰明的——或者一切都能得到，而出不了毛病。丈夫給我支持著身分，我自己再找到他所不能給我的，我便是個十全的女子了，這一輩子總算值得！小姐，太太，浪漫，享受，都是我的，都應當是我的；我不再遲疑了，再遲疑便對不起自己。我不害怕，我這是種冒險，犧牲；我怕什麼呢？即使出了毛病，也是我吃虧，把我的身分降

8 戲文：本指戲劇，此為演戲、作戲，不自然、造作之意。

9 閒在：清閒自在。

低，與父母丈夫都無關。自然，我不甘心丟失了身分，但是事情還沒作，怎見得結果必定是壞的呢？精明而至於過慮便是愚蠢。飢鷹是不擇食的。

三十八

我的海上又漂著花瓣了，點點星星暗示著遠地的春光。像一隻早春的蝴蝶，我顧盼著，尋求著，一些渺茫而又確定的花朵。這使我又想到作學生的時候的自由，願意重述那種種小風流勾當。可是這次我更熱烈一些，我已經在別方面成功，只缺這一樣完成我的幸福。這必須得到，不准再落個空。我明白了點肉體需要什麼，希望大量的增加，把一朵花完全打開，即使是個雹子[10]也好，假如不能再細膩溫柔一些，一朵花在暗中謝了是最可憐的。同時呢，我的身分也使我這次的尋求異於往日的，我須找到個地位比我的丈夫還高的，要快活便得登峰造極，我的愛須在水晶的宮殿裡，花兒都是珊瑚。私事兒要作得最光榮，因爲我不是平常人。

三十九

我預料著這不是什麼難事，果然不是什麼難事，我有眼光。一個粗莽的，俊美的，像團炸藥樣的貴人，被我捉住。他要我的一切，他要把我炸碎而後再收拾好，以便重新炸碎。我所缺乏的，一次就全補上了；可是我還需要第二次。我真哭真笑了，他野得像隻老虎，使我不能安靜。我必須全身顫動著，不論是跟他玩耍，還是與他爭鬧，我有時候完全把自己忘掉，完全焚燒在烈火裡，然後我清醒過來，回味著創痛的甜美，像老兵談戰那樣。他能一下子把我擲在天外，一下子又拉回我來貼著他的身。我暈在愛裡，迷忽的在生命與死亡之間，夢似的看見全世界都是紅花。我這纔明白了什麼是愛，愛是肉體的，野蠻的，力的，生死之間的。

四十

這個實在的，可捉摸的愛，使我甚至於敢公開的向我的丈夫挑戰了。我知道他的眼睛是尖的，我不怕，在他鼻子底下漂漂亮亮的走出去，去會我的愛人。我感謝他給我的身分，可是我不能不自己找到他所不能給的。我希望點吵鬧，把生命更弄得火熾一些；我確是快樂得有點發瘋了。奇怪，奇怪，他一聲也不出。他彷彿暗示給我——「你作對了！」多麼奇怪呢！他是講道德的人呀！他這個辦法減少了好多我的熱烈；不吵不鬧是多麼沒趣味呢！不久我就明白了，他升了官，那個貴人的力量。我明白了，他有道德，而缺乏最高的地位，正像我有身分而缺乏戀愛。因爲我對自己的充實，而同時也充實了他，他不便言語。我的心反倒涼了，我沒希望這個，簡直沒想到過這個。啊，

10 雹子：此指極為可怕的人事物。

我明白了，怨不得他這麼有道德而娶我這個「皇后」呢，他早就有計畫！我軟倒在地上，這個眞傷了我的心，我原來是個傀儡。我想脫身也不行了，我本打算偷偷的玩一會兒，敢情我得長期的伺候兩個男子了。是呀，假如我願意，我多有些男朋友豈不是可喜的事。我可不能聽從別人的指揮。不能像妓女似的那麼幹，丈夫應當養著妻子，使妻子快樂；不應當利用妻子獲得利祿——這不成體統，不是官派兒！

四十一

我可是想不出好辦法來。設若我去質問丈夫，他滿可以說，「我待你不錯，你也得幫助我。」再急了，他簡直可以說，「幹麼當初嫁給我呢？」我辯論不過他。我斷絕了那個貴人吧，也不行，貴人是我所喜愛的，我不能因要和丈夫賭氣而把我的快樂打斷。況且我即使冷淡了他，他很可以找上前來，向我索要他對我丈夫的恩惠的報酬。我已落在陷坑裡了。我只好閉著眼混吧。好在呢，我的身分在外表上還是那麼高貴，身體上呢，也得到滿意的娛樂，算了吧。我只是不滿意我的丈夫，他太小看我，把我當作個禮物送出去，我可是想不出辦法懲治他。這點不滿意，繼而一想，可也許能給我更大的自由。我這麼想了：他既是仗著我滿足他的志願，而我又沒向他反抗，大概他也得明白以後我的行動是自由的了，他不能再管束我。這無論怎說，是公平的吧。好了，我沒法懲治他，也不便懲治他了，我自由行動就是了。焉知我自由行動的結果不叫他再高升一步呢！我笑了，這倒是個辦法，我又在晴美的陽光中生活著了。

四十二

沒看見過榕樹，可是見過榕樹的圖。若是那個圖是正確的，我想我現在就是株榕樹，每一個枝兒都能生根，變成另一株樹，而不和老本完全分離開。我是位太太，可是我有許多的枝幹，在別處生了根，我自己成了個愛之林。我的丈夫有時候到外面去演講，提倡道德，我也坐在臺上；他講他的道德，我想我的計畫。我覺得這非常的有趣。社會上都知道我的浪漫，可是這並不妨礙他們管我的丈夫叫作道德家。他們尊敬我的丈夫，同時也羨慕我，只要有身分與金錢，幹什麼也是好的；世界上沒有什麼對不對，我看出來了。

四十三

要是老這麼下去，我想倒不錯。可是事實老不和理想一致，好像不許人有理想似的。這使我恨這個世界，這個不許我有理想的世界。我的丈夫娶了姨太太。一個講道德的人可以娶姨太太，嫖窯子；只要不自由戀愛與離婚就不違犯道德律。我早看明白了這個，所以並不因爲這點事恨他。我所不放心的是我覺到一陣風，這陣風不好。我覺到我是往下坡路走了。怎麼說呢，我想他絕不是爲娶小而娶小，他必定另有作用。我已不是他升官發財的唯一工具了。他找來個生力軍。假如這個女的能替他謀到更高的差事，我算完了事。我沒法跟他吵，他辦得名正言順，娶妾是最正當不過的事。設若我跟他鬧，他滿可以翻臉無情，剝奪我的自由，他既是已不完全仗著我了。我自幼就想征服世界，啊，我的力量不過如是而已！我看得很清楚，所以不必去招癟子吃；我不管他，他也別管我，這是頂好的辦法。家裡坐不住，我出去消遣好了。

四十四

哼，我不能不信命運。在外邊，我也碰了；我最愛的那個貴人不見我了。他另找到了愛人。這比我的丈夫娶妾給我的打擊還大。我原來連一個男人也抓不住呀！這幾年我相信我和男子要什麼都能得到，我是頂聰明的女子。身分，地位，愛情，金錢，享受，都是我的；啊，現在，現在，這些都順著手縫往下溜呢！我是老了麼？不，我相信我還是很漂亮；服裝打扮我也還是時尚的領導者。那麼，是我的手段不夠？不能呀，設若我的手段不高明，以前怎能有那樣的成功呢？我的運氣！太陽也有被黑雲遮住的時候呀。是，我不要灰心，我將慢慢熬著，把這一步惡運走過去再講。我不承認失敗；只要我不慌，我的心老清楚，自會有辦法。

四十五

但是，我到底還是作下了最愚蠢的事！在我獨自思索的時候，我大概是動了點氣。我想到了一篇電影：一個貴家的女郎，經過多少情海的風波，最後嫁了個鄉村的平民，而得到頂高的快樂。村外有些小山，山上滿是羽樣的樹葉，隨風擺動。他們的小家庭面著山，門外有架蔓玫瑰，她在玫瑰架下作活，身旁坐著個長毛白貓，頭兒隨著她的手來回的動。他在山前耕作，她有時候放下手中的針線，立起來看看他。他工作回來，她已給預備好頂簡單而清淨的飯食，貓兒坐在桌上希冀著一點牛奶或肉屑。他們不多說話，可是眼神表現著深情……我忽然想到這個故事，而且借著氣勁而想我自己也可以拋棄這一切勞心的事兒，華麗的衣服，而到那個山村去過那簡單而甜美的生活。我明知這只是個無聊的故事，可是在生氣的時候我信以爲眞有其事了。我想，只要我能遇到那個多情的少年，我一定不顧一切的跟了他去。這個，使我從記憶中掘出許多舊日的朋友來：他們都幹什麼呢？我甚至於想起那第一個愛人，那個伴郎，他作什麼了？這些人好像已離開許多許多年了，當我想起他們來，他們都有極新鮮的面貌，像一羣小孩，像春後的花草，我不由得想再見著他們，他們必至少能打開我的寂寞與悲哀，必能給生命一個新的轉變。我想他們，好像想起幼年所喜吃的一件食物，如若能得到它，我必定能把青春再喚回來一些。想到這兒，我沒再思索一下，便出去找他們了，即使找不到他們，找個與他們相似的也行；我要嘗嘗生命的另一方面，可以說是生命的素淡方面吧，我已吃膩了山珍海味。

四十六

我找到一個舊日的同學，雖然不是鄉村的少年，可已經合乎我的理想了。他有個入錢不多的職業，他溫柔，和藹，親熱，絕不像我日常所接觸的男人。他領我入了另一世界，像是厭惡了跳舞場，而逛一回植物園那樣新鮮有趣。他很小心，不敢和我太親熱了；同時我看出來，他也有點得意，好像窮人拾著一兩塊錢似的。我呢，也不願太和他親近了，只是拿他當一碟兒素菜，換換口味。可是，嘔，我的愚蠢！這被我的丈夫看見了！他拿出我以為他絕不會的厲害來。我給他丟了臉，他說！我明白他的意思：我們闊人儘管亂七八糟，可是得有個範圍；同等的人彼此可以交往，這個圈必得劃清楚了！我犯了不可赦的罪過。

四十七

我失去了自由。遇到必須出頭的時候，他把我帶出去；用不著我的時候，他把我關在屋裡。在大眾面前，我還是太太；沒人看著的時節，我是個囚犯。我開始學會了哭，以前沒想到過我也會有哭的機會。可是哭有什麼用呢！我得想主意。主意多了，最好的似乎是逃跑：放下一切，到村間或小城市去享受，像那個電影中玫瑰架下的女郎。可是，再一想，我怎能到那裡去享受呢？我什麼也不會呀！沒有僕人，我連飯也吃不上，叫我逃跑，我也跑不了啊！

四十八

有了，離婚！離婚，和他要供給，那就沒有可怕的了。脫離了他，而手中有錢，我的將來完全在自己的手中，愛怎著便可以怎著。想到這裡，我馬上辦起來，看守我的僕人受了賄賂，給我找來律師。嘔，我的糊塗！狀子遞上去了，報紙上宣揚起來，我的丈夫登時從最高的地方墮下來。他是提倡舊道德的人呀，我怎會忘了呢？離婚；嘔！別的都不能打倒他，只有離婚！只有離婚！他所認識的貴人們，馬上變了態度，不認識了他，也不認識了我。和我有過關係的人，一點也不責備我與他們的關係，現在恨起我來，我什麼不可以作，單單必得離婚呢？我的母家與我斷絕了關係。官司沒有打，我的丈夫變成了個平民，官司也無須再打了，我丟了一切。假如我沒有這一個舉動，失了自由，而到底失不了身分啊，現在我什麼也沒有了。

四十九

事情還不止於此呢。我的丈夫倒下來，牆倒人推，大家開始控告他的劣跡了。貴人們看著他冷笑，沒人來幫忙。我們的財產，到訴訟完結以後，已剩了不多。我還是不到三十歲的人哪，後半輩子怎麼過呢？太陽不會再照著我了！我這樣聰明，這樣努力，結果竟會是這樣，誰能相信呢！誰能想到呢！坐定了，我如同看著另一個人的樣子，把我自己簡略的，從實的，客觀的，描寫下來。有志的女郎們呀，看了我，你將知道怎樣維持住你的身分，你寧可失了自由，也別棄掉你的身分。自由不會給你飯吃，控告了你的丈夫便是拆了你的糧庫！我的將來只有回想過去的光榮，我失去了明天的陽光！

——原載於一九三五年五月《文學》第四卷第五期，
後收錄於同年出版之短篇小說集《櫻海集》

鄰居們

明太太的心眼很多。她給明先生已生了兒養了女，她也燙著頭髮，雖然已經快四十歲；可是她究竟得一天到晚懸著心。她知道自己有個大缺點，不認識字。爲補救這個缺欠，她得使碎了心；對於兒女，對於丈夫，她無微不至的看護著。對於兒女，她放縱著，不敢責罰管教他們。她知道自己的地位還不如兒女高，在她的丈夫眼前，他不敢對他們發威。她是他們的媽媽，只因爲他們有那個爸爸。她不能不多留個心眼，她的丈夫是一切，她不能打罵丈夫的兒女。她曉得丈夫要是惱了，滿可以用最難堪的手段待她；明先生可以隨便再娶一個，她一點辦法也沒有。

她愛疑心，對於凡是有字的東西，她都不放心。字裡藏著一些她猜不透的祕密。因此，她恨那些識字的太太們，小姐們。可是，回過頭來一想，她的丈夫，她的兒女，並不比那些讀書識字的太太們更壞，她又不能不承認自己的聰明，自己的造化，與自己的身分。她不許別人說她的兒女不好，或愛淘氣。兒女不好便是間接的說媽媽不好，她不能受這個。她一切聽從丈夫，其次就是聽從兒女；此外，她比一切人都高明。對鄰居，對僕人，她時時刻刻想表示出她的尊嚴。孩子們和別家的兒女打架，她是可以破出命的加入戰爭；叫別人知道她的厲害，她是明太太，她的霸道是反射出丈夫的威嚴，像月亮那樣的使人想起太陽的光榮。

她恨僕人們，因為他們看不起她。他們並非不口口聲聲的叫她明太太，而是他們有時候露出那麼點神氣來，使她覺得他們心裡是說：「脫了你那件袍子，咱們都是一樣；也許你更糊塗。」越是在明太太詳密的計畫好了事情的時候，他們越愛露這種神氣。這使她恨不能吃了他們。她常辭退僕人，她只能這麼吐一口惡氣。

明先生對太太是專制的，可是對她放縱兒女，和鄰居吵鬧，辭退僕人這些事，他給她一些自由。他以為在這些方面，太太是為明家露臉。他是個勤懇而自傲的人。在心裡，他真看不起太太，可是不許別人輕看她；她無論怎樣，到底是他的夫人。他不能再娶，因為他是在個篤信宗教而很發財的外國人手下作事；離婚或再娶都足以打破他的飯碗。既得將就著這位夫人，他就不許有人輕看她。他可以打她，別人可不許斜看她一眼。他既不能真愛她，所以不能不溺愛他的兒女。他的什麼都得高過別人，自己的兒女就更無須乎說了。

明先生的頭抬得很高。他對得起夫人，疼愛兒女，有賺錢的職業，沒一點嗜好，他看自己好像看一位聖人那樣可欽仰。他求不著別人，所以用不著客氣。白天他去工作，晚上回家和兒女們玩耍；他永遠不看書，因為書籍不能供給他什麼，他已經知道了一切。看見鄰居要向他點頭，他轉過臉去。他沒有國家，沒有社會。可是他有個理想，就是他怎樣多積蓄一些錢，使自己安穩獨立像座小山似的。

可是，他究竟還有點不滿意。他囑告自己應當滿意，但在生命裡好像有些不受自己支配管轄的東西。這點東西不能被別的物件代替了。他清清楚楚的看見自己身裡有個黑點，像水晶裡包著的一個小物件。除了這個黑點，他自信，並且自傲，他是遍體透明，無可指摘的。可是他沒法去掉它，它長在他的心裡。

他知道太太曉得這個黑點。明太太所以愛多心，也正因爲這個黑點。她設盡方法，想把它除掉，可是她知道它越長越大。她會從丈夫的笑容與眼神裡看出這黑點的大小，她可不敢動手去摸，那是太陽的黑點，不定多熱呢。那些熱力終久會叫別人承受，她怕，她得想方法。

明先生的小孩偷了鄰居的葡萄。界牆很矮，孩子們不斷的過去偷花草。鄰居是對姓楊的小夫婦，向來也沒說過什麼，雖然他們很愛花草。明先生和明太太都不獎勵孩子去偷東西，可是既然偷了來，也不便再說他們不對。況且花草又不同別的東西，摘下幾朵並沒什麼了不得。在他們夫婦想，假如孩子們偷幾朵花，而鄰居找上門來不答應，那簡直是不知好歹。楊氏夫婦沒有找來，明太太更進一步的想，這必是楊家怕姓明的，所以不敢找來。明先生是早就知道楊家怕他。並非楊家小兩口怎樣明白的表示了懼意，而是明先生以爲人人應當怕他，他是永遠抬著頭走路的人。還有呢，楊家夫婦都是教書的，明先生看不起這路人。他總以爲教書的人是窮酸，沒出息的。尤其叫他恨惡楊先生的是楊太太很好看。他看不起教書的，可是女教書的——設若長得夠樣兒——多少得另眼看待一點。楊窮酸居然有這夠樣的太太，比起他自己的要好上十幾倍，他不能不恨。反過來一想，挺俊俏的女人而嫁個教書的，或者是缺個心眼，所以他本不打算恨楊太太，可是不能不恨。明太太也看出這麼一點來——丈夫的眼睛時常往矮牆那邊溜。因此，孩子們偷楊家老婆的花與葡萄是對的，是對楊老婆的一種懲罰。她早算計好了，自要那個老婆敢出一聲，她預備著厲害的呢。

楊先生是最新式的中國人，處處要用禮貌表示出自己所受過的教育。對於明家孩子偷花草，他始終不願說什麼，他似乎想到明家夫婦要是受過教育的，自然會自動的過來道歉。強迫人家來道歉未免太使人難堪。可是明家始終沒自動的過來道歉。楊先生還不敢動氣，明家可以無禮，楊先生是要保持住自己的尊嚴的。及至孩子們偷去葡萄，楊先生卻有點受不住了，倒不為那點東西，而是可惜自己花費的那些工夫；種了三年，這是第一次結果；只結了三四小團兒，都被孩子們摘了走。楊太太決定找明太太去報告。可是楊先生，雖然很願意太太去，卻攔住了她。他的講禮貌與教師的身分勝過了怒氣。楊太太不以為然，這是該當去的，而且是抱著客客氣氣的態度去，並且不想吵嘴打架。楊先生怕太太想他太軟弱了，不便於堅決的攔阻。於是明太太與楊太太見了面。

楊太太很客氣：「明太太吧？我姓楊。」

明太太準知道楊太太是幹什麼來的，而且從心裡頭厭惡她：「啊，我早知道。」

楊太太所受的教育使她紅了臉，而想不出再說什麼。可是她必須說點什麼。「沒什麼，小孩們，沒多大關係，拿了點葡萄。」

「是嗎？」明太太的音調是音樂的：「小孩們都愛葡萄，好玩。我並不許他們吃，拿著玩。」

「我們的葡萄，」楊太太的臉漸漸白起來，「不容易，三年纔結果！」

「我說的也是你們的葡萄呀，酸的；我只許他們拿著玩。你們的葡萄洩氣，才結那麼一點！」

「小孩呀，」楊太太想起教育的理論，「都淘氣。不過，楊先生和我都愛花草。」

「明先生和我也愛花草。」

「假如你們的花草被別人家的孩子偷去呢？」

「誰敢呢？」

「你們的孩子偷了別人家的呢？」

「偷了你們的，是不是？你們頂好搬家呀，別在這兒住哇。我們的孩子就是愛拿葡萄玩。」

楊太太沒法再說什麼了，嘴唇哆嗦著回了家。見了丈夫，她幾乎要哭。

楊先生勸了她半天。雖然他覺得明太太不對，可是他不想有什麼動作，他覺得明太太野蠻；跟個野蠻人打吵子是有失身分的。但是楊太太不答應，他必得給她去報仇。他想了半天，想起來明先生是不能也這樣野蠻的，跟明先生交涉好了。可是還不便於當面交涉，寫封信吧，客客氣氣的寫封信，並不提明太太與妻子那一場，也不提明家孩子的淘氣，只求明先生囑咐孩子們不要再來糟蹋花草。這像個受過教育的人，他覺得。他也想到什麼，近鄰之誼……無任感激……至爲欣幸……等等好聽的詞句。還想像到明先生見了信，受了感動，親自來道歉……他很滿意的寫成了一封並不十分短的信，叫老媽子送過去。

明太太把鄰居窩回去，非常的得意。她久想窩個像楊太太那樣的女人，而楊太太給了她這機會。她想像著楊太太回家去應當怎樣對丈夫講說，而後楊氏夫婦怎樣一齊的醒悟過來他們的錯誤——即使孩子偷葡萄是不對的，可是也得看誰家的孩子呀。明家孩子偷葡萄是不應當抱怨的。這樣，楊家夫婦便完全怕了明家；明太太不能不高興。

楊家的女僕送來了信。明太太的心眼是多的。不用說，這是楊老婆寫給明先生的，把她「刷」了下來。她恨楊老婆，恨字，更恨會寫字的楊老婆。她決定不收那封信。

楊家的女僕把信拿了走，明太太還不放心，萬一等先生回來而他們再把這信送回來呢！雖然她明知道丈夫是愛孩子的，可是那封信是楊老婆寫來的；丈夫也許看在楊老婆的面上而跟自己鬧一場，甚至於挨頓揍也是可能的。丈夫設若揍她一頓給楊老婆聽，那可不好消化！為別的事挨揍還可以，為楊老婆……她得預備好了，等丈夫回來，先墊下底兒——說楊家為點酸葡萄而來鬧了一大陣，還說要給他寫信要求道歉。丈夫聽了這個，必定也可以不收楊老婆的信，而勝利完全是她自己的。

她等著明先生，編好了所要說的話語，設法把丈夫常愛用的字眼都加進去。明先生回來了。明太太的話很有力量的打動了他愛子女的熱情。他是可以原諒楊太太的，假若她沒說孩子們不好。她既然是看不起他的孩子，便沒有可原諒的了，而且勾上他的厭惡來——她嫁給那麼個窮教書的，一定不是什麼好東西。趕到明太太報告楊家要來信要求道歉，他更從心裡覺得討厭了；他討厭這種沒事兒就動筆的窮酸們。在洋人手下作事，他曉得簽字與用打字機打的契約是有用的；他想不到窮教書的人們寫信有什麼用。是的，楊家再把信送來，他決定不收。他心中那個黑點使他希望看看楊太太的字跡；字是討厭的，可是看誰寫的。明太太早防備到這裡，她說那封信是楊先生寫的。明先生沒那麼大工夫去看楊先生的臭信。他相信中國頂大的官兒寫的信，也不如洋人簽個字有用。

明太太派孩子到門口去等著，楊家送信來不收。她自己也沒閒著，時時向楊家那邊望一望。她得意自己的成功，沒話找話，甚至於向丈夫建議，把楊家住的房買過來。明先生雖然知道手中沒有買房的富餘，可是答應著，因為這個建議聽著有勁，過癮，無論那所房是楊家的，還是楊家租住的，明家要買，它就得出賣，沒有問題。明先生愛聽孩子們說「趕明兒咱們買那個」。「買」是最大勝利。他想買房，買地，買汽車，買金物件……每一想到買，他便覺到自己的偉大。

楊先生不主張再把那封信送回去，雖然他以為明家不收他的信是故意汙辱他。他甚至於想到和明先生在街上打一通兒架，可是只能這麼想想，他的身分不允許他動野蠻的。他只能告訴太太，明家都是混蛋，不便和混蛋們開仗；這給他一些安慰。楊太太雖然不出氣，可也想不起好方法；她開始覺得作個文明人是吃虧的事，而對丈夫發了許多悲觀的議論，這些議論使他消了不少的氣。

夫婦們正這樣碎叨嘮著出氣，老媽子拿進一封信來。楊先生接過一看，門牌寫對了，可是給明先生的。他忽然想到扣下這封信，可是馬上覺得那不是好人應幹的事。他告訴老媽子把信送到鄰家去。

明太太早在那兒埋伏著呢。看見老媽子往這邊來了，唯恐孩子們還不可靠，她自己出了馬。

「拿回去吧，我們不看這個！」

「給明先生的！」老媽子說。

「是呀，我們先生沒那麼大工夫看你們的信！」明太太非常的堅決。

「是送錯了的，不是我們的！」老媽子把信遞過去。

「送錯了的？」明太太翻了翻眼，馬上有了主意：「叫你們先生給收著吧。當是我看不出來呢，不用打算詐我！」拍的一聲，門關上了。

老媽子把信拿回來，楊先生倒為了難：他不願親自再去送一趟，也不肯打開看看；同時，他覺得明先生也是個混蛋——他知道明先生已經回來了，而是與明太太站在一條戰線上。怎麼處置這封信呢？私藏別人的信件是不光明的。想來想去，他決定給外加一個信封，改上門牌號數，第二天早上扔在郵筒裡；他還得賠上二分郵票，他倒笑了。

第二天早晨，夫婦忙著去上學，忘了那封信。已經到了學校，楊先生纔想起來，可是不能再回家去取。好在呢，他想，那只是一封平信，大概沒有什麼重要的事，遲發一天也沒多大關係。

下學回來，懶得出去，把那封信可是放在書籍一塊，預備第二天早上必能發出去。這樣安排好，剛要吃飯，他聽見明家鬧起來了。明先生是高傲的人，不願意高聲的打太太，可是被打的明太太並不這樣講體面，她一勁兒的哭喊，孩子們也沒敢閒著。楊先生聽著，聽不出怎回事來，可是忽然想起那封信，也許那是封重要的信。因爲沒得到這封信，而明先生誤了事，所以回家打太太。這麼一想，他非常的不安。他想打開信看看，又沒那個勇氣。不看，又怪彆悶得慌，他連晚飯也沒吃好。

飯後，楊家的老媽子遇見了明家的老媽子。主人們結仇並不礙於僕人們交往。明家的老媽子走漏了消息：明先生打太太是爲一封信，要緊的信。楊家的老媽回家來報告，楊先生連覺也睡不安了。所謂一封信者，他想必定就是他所存著的那一封信了。可是，既是要緊的信，爲什麼不掛號，而且馬馬虎虎寫錯了門牌呢？他想了半天，只能想到商人們對於文字的事是粗心的。這大概可以說明他爲什麼寫錯了門牌。又搭上明先生平日沒有什麼來往的信，所以郵差按著門牌送，而沒注意姓名，甚至或者不記得有個明家。這樣一想，使他覺出自己的優越，明先生只是個會抓幾個錢的混蛋。明先生既是混蛋，楊先生很可以打開那封信看看了。私看別人的信是有罪的，可是明先生還會懂得這個？不過，萬一明先生來索要呢？不妥。他把那封信拿起好幾次，到底不敢拆開。同時，他也不想再寄給明先生了。既是要緊的信，在自己手中拿著是有用的。這不光明正大，但是誰叫明先生是混蛋呢，誰教他故意和楊家搗亂呢？混蛋應受懲罰。他想起那些葡萄來。他想著想著可就又變了主意，他第二天早晨還是把那封送錯的信發出去。而且把自己寄的那封勸告明家管束孩子的信也發了；到底叫明混蛋看看讀書的人是怎樣的客氣與和藹；他不希望明先生悔過，只教他明白過來教書的人是君子就夠了。

明先生命令著太太去索要那封信。他已經知道了信的內容，因爲已經見著了寫信的人。事情已經有了預備，可是那封信不應當存在楊小子手裡。事情是這樣：他和一個朋友借著外國人的光兒私運了一些貨物，被那個篤信宗教而很發財的洋人曉得了；那封信是朋友的警告，叫他設法別招翻了洋人。明先生不怕楊家發表了那封信，他心中沒有中國政府，也沒看起中國的法律；私運貨物即使被中國人知道了也沒多大關係。他怕楊家把那封信寄給洋人，證明他私運貨物。他想楊先生必是這種鬼鬼祟祟的人，必定偷看了他的信，而去弄壞他的事。他不能自己去討要，假若和楊小子見著面，那必定得打起來，他從心裡討厭楊先生這種人。他老覺得姓楊的該挨頓揍。他派太太去要，因爲太太不收那封信纔惹起這一套，他得懲罰她。

明太太不肯去，這太難堪了。她楞願意再挨丈夫一頓打也不肯到楊家去丟臉。她耗著，把丈夫耗走，又偷偷的看看楊家夫婦也上了學，她才打發老媽子向楊家的老媽子去說。

楊先生很得意的把兩封信一齊發了。他想像著明先生看看那封客氣的信必定悔悟過來，而佩服楊先生的人格與手筆。

明先生被洋人傳了去，受了一頓審問。幸而他已經見著寫錯了門牌的那位朋友，心中有個底兒，沒被洋人問禿露了。可是他還不放心那封信。最難堪的是那封信偏偏落在楊窮酸手裡！他得想法子懲治姓楊的。

回到了家，明先生第一句話是問太太把那封信要回來沒有。明太太的心眼是多的，告訴丈夫楊家不給那封信，這樣她把錯兒都從自己的肩膀上推下去，明先生的氣不打一處而來，就憑個窮酸教書的敢跟明先生鬥氣。哼！他發了命令，叫孩子們跳過牆去，先把楊家的花草都踩壞，然後再說別的。孩子們高了興，把能踩壞的花草一點也沒留下。

孩子們遠征回來，郵差送到下午四點多鐘那撥兒信。明先生看完了兩封信，心中說不出是難受還是痛快。那封寫錯了門牌的信使他痛快，因爲他看明白了，楊先生確是沒有拆開看；楊先生那封信使他難過，使他更討厭那個窮酸，他覺得只有窮酸纔能那樣客氣，客氣得討厭。衝這份討厭也該把他的花草都踏平了。楊先生在路上，心中滿痛快：既然把那封信送回了原主，而且客氣的勸告了鄰居，這必能感動了明先生。

一進家門，他楞了，院中的花草好似垃圾箱忽然瘋了，一院子滿是破爛兒。他知道這是誰作的。可是怎辦呢？他想要冷靜的找主意，受過教育的人是不能憑著衝動作事的。但是他不能冷靜，他的那點野蠻的血沸騰起來，他不能思索了。扯下了衣服，他撿起兩三塊半大的磚頭，隔著牆向明家的窗子扔了去。嘩啦嘩啦的聲音使他感到已經是惹下禍，可是心中痛快，他繼續著扔；聽著玻璃的碎裂。他心裡痛快，他什麼也不計較了，只覺得這麼作痛快，舒服，光榮。他似乎忽然由文明人

1 問禿露：禿露，原指赤身顯露；問禿露，即指經不住問話，被問出實情來了。

變成野蠻人，覺出自己的力量與膽氣，像赤裸裸的洗澡時那樣舒服，無拘無束的領略著一點新的生活味道。他覺得年輕，熱烈，自由，勇敢。

把玻璃打得差不多了，他進屋去休息。他等著明先生來找他打架，他不怕，他狂吸著菸捲，彷彿打完一個勝仗的兵士似的。等了許久，明先生那邊一點動靜沒有。

明先生不想過來，因爲他覺得楊先生不那麼討厭了。看著破碎玻璃，他雖不高興，可也不十分不舒服。他開始想到有囑告孩子們不要再去偷花的必要，以前他無論怎樣也想不到這理；那些碎玻璃使他想到了這個。想到了這個，他也想起楊太太來。想到她，他不能不恨楊先生；可是恨與討厭，他現在覺出來，是不十分相同的。「恨」有那麼一點佩服的氣味在裡頭。

第二天是星期日，楊先生在院中收拾花草，明先生在屋裡修補窗戶。世界上彷彿很平安，人類似乎有了相互的瞭解。

——原載於一九三五年四月《水星》第二卷第一期，後收錄於同年出版之短篇小說集《櫻海集》

熱包子

愛情自古時候就是好出軌的事。不過，古年間沒有報紙和雜誌，所以不像現在鬧得這麼血花。不用往很古遠裡說，就以我小時候說吧，人們鬧戀愛便不輕易弄得滿城風雨。我還記得老街坊小邱。那時候的「小」邱自然到現在已是「老」邱了。可是即使現在我再見著他，即使他已是白髮老翁，我還得叫他「小」邱。他是不會老的。我們一想起花兒來，似乎便看見些紅花綠葉，開得正盛；大概沒有人一想花便想到落花如雨，色斷香銷的。小邱也是花兒似的，在人們腦中他永遠是青春，雖然他長得離花還遠得很呢。

小邱是從什麼地方搬來的，和那年搬來的，我似乎一點也不記得。我只記得他一搬來的時候就帶著個年輕的媳婦。他們住我們的外院一間北小屋。從這小夫婦搬來之後，似乎常常聽人說：他們倆在夜半裡常打架。小夫婦打架也是自古有之，不足爲奇；我所希望的是小邱頭上破一塊，或是小邱嫂手上有些傷痕——我那時候比現在天眞的多多了；很歡迎人們打架，並且多少要掛點傷。可是，小邱夫婦永遠是——在白天——那麼快活和氣，身上確是沒傷。我說身上，一點不假，連小邱嫂的光脊梁我都看見過。我那時候常這麼想：大概他們打架是一人手裡拿著一塊棉花打的。

小邱嫂的小屋眞好。永遠那麼乾淨永遠那麼暖和，永遠有種味兒——特別的味兒，沒法形容，可是顯然的與眾不同。小倆口味兒，對，到現在我纔想到一個適當的形容字。怪不得那時候街坊們，特別是中年男子，願意上小邱嫂那裡去談天呢，談天的時候，他們小夫婦永遠是歡天喜地的，老好像是大年初一迎接賀年的客人那麼欣喜。可是，客人散了以後，據說，他們就必定打一回架。有人指天起誓說，曾聽見他們打得咚咚的響。

小邱，在街坊們眼中，是個毛騰廝火的小夥子。他走路好像永遠腳不貼地，而且除了在家中，彷彿沒人看見過他站住不動，那怕是一會兒呢。就是他坐著的時候，他的手腳也沒老實著的時候。他的手不是摸著衣縫，便是在凳子沿上打滑溜，要不然便在臉上搓。他的腳永遠上下左右找事作，好像一邊坐著說話，還一邊在走路，想像的走著。街坊們並不因此而小看他，雖然這是他永遠成不了「老邱」的主因。在另一方面，大家確是有點對他不敬，因爲他的脖子老縮著。不知道怎麼一來二去的「王八脖子」成了小邱的另一稱呼。自從這個稱呼成立以後，聽說他們半夜裡更打得歡了。可是，在白天他們比以前更顯著歡喜和氣。

小邱嫂的光脊梁不但是被我看見過，有些中年人也說看見過。古時候的婦女不許露著胸部，而她竟自被人參觀了光脊梁，這連我——那時還是個小孩子——都覺著她太灑脫了。這又是我現在纔想起的形容字——灑脫。她確是灑脫：自天子以至庶人好像沒有和她說不來的。我知道門外賣香油的，賣菜的，永遠給她比給旁人多些。她在我的孩子眼中是非常的美。她的牙頂美，到如今我還記得她的笑容，她一笑便會露出世界上最白的一點牙來。只是那麼一點，可是這一點白色能在人的腦中延展開無窮的幻想，這些幻想是以她的笑爲中心，以她的白牙爲顏色。拿著落花生，或鐵蠶豆，或大酸棗，在她的小屋裡去吃，是我兒時生命裡一個最美的事。剝了花生豆往小邱嫂嘴裡送，那個報酬是永生的欣悅——能看看她的牙。把一口袋花生都送給她吃了也甘心，雖然在事實上沒這麼辦過。

小邱嫂沒生過小孩。有時候我聽見她對小邱半笑半惱的說，憑你個軟貨也配有小孩？小邱的脖子便縮得更厲害了，似乎十分傷心的樣子；他能半天也不發一語，呆呆的用手擦臉，直等到她說：「買洋火！」他纔又笑一笑，腳不擦地飛了出去。

記得是一年冬天，我剛下學，在胡同口上遇見小邱。他的氣色非常的難看，我以爲他是生了病。他的眼睛往遠處看，可是手摸著我的絨帽的紅繩結子，問：「你沒看見邱嫂嗎？」

「沒有哇。」我說。

「你沒有？」他問得極難聽，就好像爲兒子害病而占卦的婦人，又願意聽實話，又不願意相信

1毛騰廝火：原指把毛一類的纖維置於火上極易燃燒起來，且一發不可收拾，意為危險。此指毛躁、粗率之人。

實話，要相信又願反抗。

他只問了這麼一句，就向街上跑了去。

那天晚上我又到邱嫂的小屋裡去，門，鎖著呢。我雖然已經到了上學的年紀，我不能不哭了。每天照例給邱嫂送去的落花生，那天晚上居然連一個也沒剝開。

第二天早晨，一清早我便去看邱嫂，還是沒有；小邱一個人在炕沿上坐著呢，手托著腦門。我叫了他兩聲，他沒答理我。

差不多有半年的工夫，我上學總在街上尋望，希望能遇見邱嫂，可是一回也沒遇見。她的小屋，雖然小邱還是天天晚上回來，我不再去了。還是那麼乾淨，還是那麼暖和，只是邱嫂把那點特別的味兒帶走了。我常在牆上，空中看見她的白牙，可是只有那麼一點白牙，別的已不存在：那點牙也不會輕輕嚼我的花生米。

小邱更毛騰廝火了，可是不大愛說話。有時候他回來得很早，不作飯，只呆呆的楞著。每遇到這種情形，我們總把他讓過來[2]，和我們一同吃飯。他和我們吃飯的時候，還是有說有笑，手腳不識閒。可是他的眼時時往門外或窗外撩那麼一下。我們誰也不提邱嫂；有時候我忘了，說了句：「邱嫂上那兒了呢？」他便立刻搭訕著回到小屋裡去，連燈也不點，在炕沿上坐著。有半年多，這麼著。

忽然有一天晚上，不是五月節前，便是五月節後，我下學後同著學伴去玩，回來晚了。正走在胡同口，遇見了小邱。他手裡拿著個碟子。

「幹什麼去？」我截住了他。

他似乎一時忘了怎樣說話了，可是由他的眼神我看得出，他是很喜歡，喜歡得說不出話來。呆了半天，他似乎爬在我的耳邊說的：

「邱嫂回來啦，我給她買幾個熱包子去！」他把個「熱」字說得分外的眞切。

我飛了家去。果然她回來了。還是那麼好看，牙還是那麼白，只是瘦了些。

我直到今日，還不知道她上哪兒去了那麼半年。我和小邱，在那時候，一樣的只盼望她回來，不問別的。到現在想起來，古時候的愛情出軌似乎也是神聖的，因爲沒有報紙和雜誌們把邱嫂的像片登出來，也沒使小邱的快樂得而復失。

——原載於一九三三年一月一日、四日之天津《益世報．「語林」副刊》，後收錄於一九三四年出版之短篇小說集《趕集》

---

2 把他讓過來：要他過來，使他過來。

生滅

「梅！」文低聲的叫，已想好的話忽然全亂了；眼從梅的臉上移開，向小純微笑。

小純，八個月的小胖老虎，陪著爸笑了，鼻的左右笑出好幾個肉坑。

文低下頭去；天眞的笑，此時，比刀還厲害。

小純失去了爸的眼，往娘的胸部一撞，仰臉看娘。娘正面向窗出神，視線遠些好能支援住淚。

小純無聊的啊啊了一陣，嘴中的粉色牙床露出些來。往常在燈下，文每每將一片棉花貼在那嫩團團的下巴上，往牆上照影；梅嬌喚著：小老頭，小老頭；小純啊啊著，莫名其妙的笑，有時咯咯的笑出聲來。今晚，娘只用手鬆攏著他，看著窗；綠窗簾還沒有放下來。

小純又作出三四種聲音，信意的編成短句，要喚出大人心中的愛。娘忍不住了，低下頭猛的吻了小純的短髮幾下，苦痛隨著淚滴在髮上。「不是胃病！」本想多說，可是苦痛隨著這簡短的爆發又封住了心，像船尾的水開而復合。沒擦自己的眼，她輕輕把小純的頭髮用手掌拭乾。

文覺得自己是畜類。當初，什麼樣的快樂沒應許過她？都是欺騙，欺騙！他自己痛苦；可是她的應該大著多少倍呢？他想著婚前的景象……那時候的她……不到二年……不能再想；再想下去，他就不能承認過去的眞實，而且也得不到什麼安慰。他不能完全拋棄了希望。只有希望能折減罪過，雖然在過去也常這麼著，而並沒多大用處。「沒有小純的時候，不也常常不愛吃東西？」他笑得沒有半分力量。

想起在懷上小純以前的梅，那時她的蒼白是偶爾的，像初開的杜鵑，過一會兒便紅上來。現在……「別太膽小了，不能是那個。」他把純抱過來，眼撩著梅；梅的臉，二年的工夫，彷彿是另一個人了；和純的乳光的臉蛋比起來，她確是個母親樣子了。她照鏡子的時候該怎樣難過呢？「乖，跟爸爸，給唱唱。」可是他沒有唱，他找不到自己的聲音。只是純的涼而柔滑的臉，給他的唇一種舒適，心中也安靜了些。

梅倒在床上，臉埋在枕裡。

文顛動著小純，在屋裡轉，任憑小純揪他的耳朵，抓他的頭髮。他的眼沒離開梅：那就是梅嗎？和梅同過四年的學，連最初的相遇——在註冊室外——他還記得很清楚。那時候的梅像個翠鳥似的。現在床上這一個人形，難道還是她？她想什麼呢？生命就是這麼無可捉摸的暗淡嗎？腿一軟似的，他坐在床沿上。慚愧而假笑的臉貼著小純的胖腮，「媽不哭，小純不哭。」小純並沒有哭，只是直躲爸的臉——晚上，鬍子茬，又硬起來——掏出口中的手指在爸的臉上畫。

梅的頭微微轉起點來：「和點代乳粉試試，純，來！」她慢慢坐起來，無意的看了腹部一眼；要打嗝，沒打出來。「胃不好，奶當然不好。」文極難堪的還往寬處想。他看罐上的說明。

「就快點吧，到吃的時候了；吃了好睡！」梅起急。

這不是往常夫妻間的小衝突的那種急，文看出來：這是一種不知怎好的暴躁，是一觸即發的悲急。文原諒她，這不由她；可是在原諒中他覺到一點恐怖。他忙把粉調好。

小純把頭一口咽了。梅的心平下一點去，極輕妙而嚴重的去取第二匙。文看著她的手，還是那麼白潤，可是微微浮腫著，白潤得不自然。純辨明了滋味，把第二口白汁積在口中，想主意，而後照著噴牙練習那種噴法噗了一口，白汁順嘴角往下流，鼻上也落了幾小顆白星。文的喉中噎了一下，連個「乖」也沒能叫出。

「寶純純！」梅在慌中鎮定，把對一切苦惱的注意都移到純的身上來，她又完全是母親了：「來，吃，吃——」自己吧嗒著嘴，又輕輕給了他一匙。

純的胖腿踢蹬起來，雖然沒哭——他向來不愛哭——可是啊啊了一串，表示絕不吃這個新東西。

「算了吧，」男人性急，「啊——」可是沒什麼辦法。

梅歎了口氣，不完全承認失敗，又不肯逼迫娃娃，把懷解開：「吃吧，沒養分！」

小純像蜜蜂回巢似的奔了乳頭去，萬忙中找了爸一眼。爸要鑽進地裡去。純吃得非常香甜，用手指撥弄著那個空閒的乳頭。梅不錯眼珠[2]的看著娃娃的肥，好似沒有一點思想；甘心的，毫不遲疑的，願把自己都給了純。可是「沒養分」！她呆呆的看著那對小肥，無限的空虛。文看著妻的胸。那曾經把他迷狂了的胸，因小純而失了魅力，現在又變成純的毒物——沒有養分！他聽著咂乳的微聲，溫善的宣布著大人的罪惡。他覺到自己的尊嚴逐漸的消失。小純的眼漸漸閉上了，完全信靠大人，必須含著乳睡去。吃淨了一邊，換過方向來，他又睜開眼，濕潤的雙唇彎起一些半睡中的嬌笑。文扭過頭去。梅機械的拍著小腿，純睡去了。

多麼難堪的靜寂。要再不說點什麼，文的心似乎要炸了。伏在梅的耳旁，他輕輕的說：「明天上孟老頭那裡看看去；吃劑藥看。」他還希望那是胃病，胃病在這當兒是必要的，救命的！

梅點點頭，「吃湯藥，奶可就更不好了。」她必須為小純而慎重，她自己倒算不了什麼。

「告訴老孟，說明白了，有小孩吃奶。」文的希望是無窮的，彷彿對一個中醫的信心能救濟一切。

1鬍子茬：茬，讀音原為「持」或「姿」，指草，或指農作物收割後，土地裡僅存著的根莖；後來，語音則唸成了「茶」，鬍子茬，即指剃了鬍鬚以後，殘餘或生出的短毛，意即現今通用的「鬍碴」。

2不錯眼珠：指目不轉睛，專心一意看著。

一夜，夫妻都沒睡好；小純一會一醒，他餓。兩隻小手伸著時，像受了驚似的往上抬，而後閉著眼咧咧幾聲；聽到娘的哼唧又勉強睡去；一會兒又醒。梅強打精神哼唧著，輕輕的拍著他，有時微歎一聲，一種困乏隱忍悔恨愛惜等混合成的歎息。文大氣不出，睜著眼看著黑暗。他什麼也不敢想，可是什麼都想到了，越想越迷惘。一個愛的行爲，引起生死疾痛種種解不開的壓迫。誰曾這麼想過呢，在兩年前？

春晨並沒有欣喜，梅的眼底下發青，臉上灰白。文不敢細看她。他不斷的打哈欠，淚在面上掛著，傻子似的。他去請假，趕回來看孩子；梅好去診看。

小純是豪橫的，跟爸撕紙玩，揪爸的鼻子……不過，玩著玩著便啊啊起來，似微含焦急。爸會用新方法使他再笑得出了聲，可是心中非常難過。他時時看那個代乳粉罐。錢是難掙的，還能不供給小純代乳粉，假如他愛吃的話；但是他不吃。小純瘦起來，一天到晚哭哭咧咧，以至於……他不敢再想。馬上就看看純，是否已經瘦了些呢？純的眼似乎有點陷下，雙眼皮的溝兒深了些，可憐的更傻了！

錢！不願想它；敢不想麼？事事物物上印著它的價值！他每月拿六十塊。他不嫌少。可是住房、穿衣、吃飯、交際、養小孩都仗著這六十塊；到底是緊得出不來氣，不管嫌少不嫌。爲小純，他們差不多有一年了，沒作過一件衣裳，沒去看一次電影或戲。爲小純，梅辭了事。梅一月須喝五塊錢的牛奶。但小純是一切；錢少，少花就是了，除了爲小純的。誰想到會作父母呢？當結婚的時候，錢是可以隨便花的。兩個大學畢業生還怕抓不到錢麼？結婚以後，兩個人都去作事，雖然薪水都不像所期望的那麼高，可是有了多花，沒了少花，還不是很自由的麼？早上出去，晚上回來，三間小屋的家庭不過像長期的旅舍。「隨便」增高了浪漫的情味。愛出去吃飯，立起就走；愛自己作便合力的作。生活像燕那樣活潑，一切都被心房的跳躍給跳過去，如跳欄競走那樣。每天晚上會面是一個戀的新試驗……只有他倆那些不同而混在一處的味道是固定的，在帳子上，杯沿上，手巾上，掛著，流動著。「我們老這樣！」

「我們老這樣！」

老這樣，誰怕錢少呢？夠吃喝就好。誰要儲蓄呢？兩個大學畢業生還愁沒有小事情作麼。「我們就老這樣自由，老這樣相愛！」生活像沒有顧慮的花朵，接受著春陽的晴暖。慢慢的，可是，這個簡單的小屋裡有了個可畏的新現象，一個活的什麼東西伸展它的勢力，它會把這個小巢變成生命的監獄！他們怕！

怕有什麼用呢，到底有了小純。母性的尊傲擔起身上的痛苦；梅的驚喜與哭泣使文不安而又希冀。為減少她的痛苦，他不叫她再去作事，給她找了個女僕。他倆都希望著，都又害怕。誰知道怎樣作父母呢？最顯然的是覺到錢的壓迫。兩個大學畢業生，已有一個不能作事的了。文不怕；梅說：只要小孩斷了奶便仍舊去作事。可是他們到底是怕。沒有過的經驗來到，使他們減少了自信，知道一個小孩帶來多少想不到的累贅呢。不由得，對這未來的生命懷疑了。誰也不肯明說設法除掉了它，可是眼前不盡光明……

文和純有時不約而同的向窗外看；純已懂得找娘，文是等著看梅的臉色。她那些不同的臉色與表情，他都能背得過來。假如她的臉上是這樣……或那樣……文的心跳上來，落下去，恐慌與希望互有勝負的在心中作戰。小純已有點發急，抓著桌子打狠兒[3]。「爸抱上院院？」戴上白帽，上院中去，純又笑了。

「媽來嘍！」文聽見磚地上的腳步聲。腳步的輕快是個吉兆；果然由影壁後轉過一個笑臉來。她夾著小皮包，頭揚著點，又恢復了點婚前的輕俏。

文的心彷彿化在笑裡了。

顧不得脫長袍，梅將小純接過去，臉偎著臉。長袍的襟上有一大塊油漬，她也不理會；一年前，殺了她也不肯穿它滿街去走。

「問了孟老頭兒，不是喜；老頭兒笑著說的，我才不怕他！」梅的眼非常的亮，給言語增加上些力量。

「給我藥方，抓幾劑？」文自行恢復了人的資格。「我說不能呢；還要怎麼謹慎？難道吻一下也——沒的事！」從梅的皮包裡掏出藥方，「脈濡大，膈中結氣……」一邊念，一邊走，沒顧得戴帽子。

吃了兩劑，還是不見好。小純兩太陽下的肉翅兒顯然的落下去。梅還時時的噁心。

文的希望要離開他。現象壞。梅又發楞了，終日眼淚撲灑的。小純還不承認代乳粉。白天，用稀粥與嫩雞子對付，他也乖乖的不鬧；晚間，沒有奶不睡。

夜間，文把眉皺得緊緊的思前想後。現象壞！怎這麼容易呢？總是自己的過錯；怎能改正或削減這個過錯呢；他喉中止不住微響了。梅也沒睡去，她明白這個響聲。她嗚咽起來。

文想安慰她，可是張不開口；夜似封閉了他的七竅，要暗中把他壓死。他只能亂想。自從有了小純，金錢的毒手已經扼住他們的咽喉。該買的東西不知道有多少，意外的花費幾乎時時來伸手；他們以前沒想到過省錢！但是小純是一切。他不但是愛，而且是愛的生長，愛的有形的可捉摸的香暖的活寶貝。夫婦間的親密有第三者來分潤、增加、調和、平衡、完成。愛會從小純流溢到他或她的心間；小純不阻隔，而能傳導。夫婦間彼此該挑剔的，都因小純而互相原諒。他們更明白了生命，生命是責任，希望，與繼續。金錢壓迫的苦惱被小純的可愛給調劑著；嬰兒的微笑是多少年的光明；盤算什麼呢？況且梅是努力的，過了滿月便把女僕辭去，她操作一切。洗、作、買，都是她。文覺得對不起她，可是她樂意這樣。她必須為小純而受苦。等他會走了，她便能再去掙錢……

但是，假如這一個將能省點心，那一個又來了呢？大的耽誤了，小的也養不好怎辦呢？梅一個人照顧倆，這個睡了，那個醒，六十塊錢，六十塊錢怎麼對待梅呢？永遠就這麼作下母親去？孩子

3打狠：不耐煩、動氣的拍打。

長大了能不上學麼？錢造成天大的黑暗！梅嗚咽著！

第二天，梅決定到醫院去檢查。和文商議的時候，誰也不敢看誰。梅是有膽氣的，除了怕黑潮蟲[4]，她比文還勇敢——在交涉一點事，還個物價，找醫生等等上，她都比文的膽壯。她決定去找西醫。文笑著，把眼睛藏起去。

「可憐的純！」二人不約而同的低聲兒說。小純在床上睡呢。爲可憐的純，另一個生命是不許見天日的。文還得請半天假。

梅走後，小純還沒有醒。文呆立在床前看著純的長眼毛，一根一根清楚的爬在眼皮下。他不知怎樣好。看著梅上醫院，可與看著她上街買菜去不同了；這分明是白天奴使[5]，夜間蹂躪的宣言，他覺得自己沒有半點人味。

小純醒了，揉開眼，傻子似的就笑。文抱起他來，一陣刺心的難過。他無聊的瞎說，純像打電話似的啊啊。文的心在梅身上。以前，梅只是他的梅；現在，梅是母親。假如沒了梅，只剩下他和純？他不敢再想下去。生死苦痛、愛、殺、妻、母……沒有系統的在他心上浮著，像水上的屑沫。

快到晌午，梅才回來。她眼下有些青影。不必問了，她也不說，坐在床沿上發楞。只有純的啊啊是聲音，屋中似在死的掌握裡。半天，梅忽然一笑，笑得像死囚那樣無可奈何的虛假：「死刑！」說完，她用手擋起臉來，有淚無聲的哭著，小純奔著媽媽要奶吃。

該傷心的地方多了；眼前，梅哭的是怕什麼偏有什麼。這種傷心是無法止住的，它把以前的快樂一筆勾銷，而暗示出將來是不可測的，前途是霧陣。怕什麼偏有什麼，她不能相信這是事實，可是醫生又不扯謊。已經兩個多月了，誰信呢？

無名的悲苦發洩了以後，她細細的盤算：必須除掉這個禍胎。她太愛純，不能爲一個未來的把純餓壞。純是頭一個，也得是最好的。但是，應當不應當這麼辦呢？母性使她遲疑起來，她得和文商議。

文沒有主張。梅如願意，便那麼辦。但是，怕有危險呢！他願花些錢作爲贖罪的罰金，可是錢在哪裡呢？他不能對梅提到錢的困難，梅並非是去享受。假如梅爲眼前的省錢而延遲不決，直到新的生命降生下來，那又怎樣辦？哪個孩子不是用金子養起的呢？他沒主意，金錢鎖住那未生的生命，痛苦圍困住了梅——女人。痛苦老是婦女的。

幾個醫院都打聽了。法國醫院是天主教的，絕對不管打胎。美國醫院是耶穌教的，不能辦這種事。私立的小醫院們願意作這種買賣，可是看著就不保險。只有亞陸醫院是專門作這個的，手術費

4 潮蟲：又稱鼠婦。大多生活在陰暗潮濕的角落，尤其是朽木腐葉及石塊下頭，有時也出現在房子、庭院中。

5 奴使：即呼奴使婢，叫喊奴才，差使婢女。指役使人、使喚人幹活。

高，宿膳費高，可是有經驗，有設備，而且願意殺戮中國的胎兒。

去還是不去呢？

去還是不去呢？

生還是滅呢？在這複雜而無意義的文化裡？

梅下了決心，去！

文勇敢起來，當了他的錶，戒指……去！

梅住二等七號。沒帶鋪蓋，而醫院並不預備被褥；文得回家取。取來鋪蓋，七號已站滿了小腳大娘，等梅選用。醫院的護士只管陪著大夫來，和測溫度；其餘的事必須雇用小腳大娘，因爲中國人喜歡這樣。梅只好選用了一位——王大娘。

王大娘被選，登時報告一切：八號是打胎的——十五歲的小妞，七個月的肚子，前兩天用了撐子，叫喚了兩夜。昨天已經打下來，今天已經唱著玩了。她的野漢子是三十多歲的掌櫃的。第九號是打胎的，一位女教員。她的野漢子陪著她住院；已經打完了，正商量著結婚。爲什麼不省下這回事呢？誰知道。第十號是打胎的，可不是位小姐（王大娘似乎不大重視太太而打胎的），而小孩也不是她丈夫的。第十一號可不是打胎的，已經住了兩個多月，夫婦都害胃病，天天吃中國藥，專爲在這兒可以痛快的吃大煙。

她剛要報告第十二號，進來一群人：送牛奶的問定奶不定，賣報的吆喝報，三仙齋鍋貼鋪報告承辦伙食，賣瓜子的讓瓜子，香菸……王大娘代爲說明：「太太，這兒比市場還方便。要不怎麼永遠沒有閒房呢，老住得滿滿的，貴點，眞方便呢。抽大煙沒人敢抄，巡警也怕東洋人不是？」八號的小妞又唱呢，緊接著九號開了留聲機，唱著《玉堂春》[7]。文想抱起小純，馬上回家。可是梅不動。純潔與勇敢是他的孩子與妻，因他而放在這裡——這提倡蹂躪女性的地方，這憑著金錢遮掩所謂醜德的地方，這使異國人殺害胎兒的地方！

他想叫梅同他回家，可是他是禍首，他沒有管轄她的權利。他和那些「野漢子」是同類。王大娘問：先生也住在這裡嗎？好去找鋪板。這裡是可以住一家子的，可以隨意作飯吃。

文回答不出。

「少爺可眞俊！」王大娘誇獎小純：「幾個月了？」看他們無意回答，繼續下去：「一共有幾位少爺了？」

梅用無聊與厭煩擠出一點笑來：「頭一個。」

「喲！就這一位呀！？爲什麼，啊，何不留著小的呢？不是一共才倆？」

6大煙：指鴉片煙。

7玉堂春：明朝的戲曲劇目，依演出段落不同，也有《蘇三起解》、《三堂會審》等劇名。劇中女主人翁為名妓蘇三，號玉堂春，這是一齣圍繞著她人生運途與愛情的故事。

文不由得拿起帽子來。可是小純不許爸走，伸著小手向他啊啊。他把帽扣在頭上，抱過純來，坐在床沿上。九號又換了戲片。

——原載於一九三四年八月《文學》第三卷第二期，後收錄於由老舍子女整理、一九八二年出版之《老舍小說全集》第十一卷，又稱《老舍小說集外集》

一封家信

專就組織上說，這是個理想的小家庭：一夫一婦和一個三歲的小男孩。不過，「理想的」或者不僅是立在組織簡單上，那麼這小家庭可就不能完全像個小樂園，而也得分擔著塵世上的那些苦痛與不安了。

由這小家庭所發出的聲響，我們就可以判斷，它的發展似乎有點畸形，而我們也曉得，失去平衡的必將跌倒，就是一個家庭也非例外。

在這裡，我們只聽見那位太太吵叫，而那位先生彷彿是個啞巴。我們善意的來推測，這位先生的閉口不響，一定具有要維持和平的苦心和盼望。可是，人與人之間是多麼不易諒解呢；他不出聲，她就越發鬧氣：「你說話呀！說呀！怎麼啦？你啞巴了？好吧，衝你這麼死不開口，就得離婚！離婚！」

是的，范彩珠——那小家庭的女性獨裁者——是懂得世界上有離婚這件事的，誰知道離婚這件事，假若實際的去作，都有什麼手續與意義呢，反正她覺得這兩字很有些力量，說出來既不蠢野，又足以使丈夫多少著點急。她，頭髮燙得那麼細膩，眞正一九三七的飛機式，臉上是那麼香潤；圓圓的胳臂，高高的乳房，衣服是那麼講究抱身；她要說句離婚，他怎能不著急呢？

當吵鬧一陣之後，她對著衣鏡端詳自己，覺得正像個電影明星。雖然並不十分厭惡她的丈夫——他長得很英俊，心眼很忠厚——可是到底她應當常常發脾氣，似乎只有教他難堪才足以減少她自己的委屈。他的確不壞，可是「不壞」並不就是「都好」，他一月才能掙二百塊錢！不錯，這二百元是全數交給她，而後她再推測著他的需要給他三塊五塊的；可是憑她的臉，她的胳臂，她的乳，她的腳，難道就能在二百元以下充分的把美都表現出來麼？況且，越是因爲美而窘，便越須撐起架子，看電影去即使可以買二等票，因爲是坐在黑暗之中，可是聽戲去便非包廂不可了——絕不能將就！啊，這二百元的運用，與一切家事，交際，臉面的維持——在二百元之內要調動得靈活漂亮，是多麼困難惱人的事！特別是對她自己，太難了！連該花在男人與小孩身上的都借來用在自己身上，還是不能不拿攙了麻的絲襪當作純絲襪子穿！連被褥都捨不得按時拆洗，還是不能回回看電影去都叫小汽車，而得有時候坐那破爛，使人想落淚的膠皮車！是的，老范不錯，不挑吃不挑喝的怪老實，可是，只能掙二百元喲！

老范眞愛他的女人，眞愛他的小男孩。在結婚以前，他立志非娶個開通的美女不可。爲這個志願，他極忠誠的去作事，極儉樸的過活；把一切青年們所有的小小浪漫行爲，都像冗枝亂葉似的剪除淨盡，單單培養那一朵浪漫的大花。連香菸都不吃！

省下了錢，便放大了膽，他穿上特為浪漫事件裁製的西裝去探險。他看見，他追求，他娶了彩珠小姐。

彩珠並不像她自己所想的那樣美妙驚人，也不像老范所想的那麼美麗的女子。可是她年輕，她活潑，她會作偽；教老范覺得彩珠即使不是最理想的女子，也和那差不多；把她擺在任何地方，她也不至顯出落伍或鄉下氣。於是，就把儲蓄金拿出來，清償那生平最大的浪漫之債，結了婚。他沒有多掙錢的壞手段，而有維持二百元薪水眞本領。消極的，他兢兢業業的不許自己落在二百元的下邊來，這是他浪漫的經濟水準。

他領略了以浮淺為開通，以作偽為本事，以修飾為美麗的女子的滋味。可是他並不後悔。他以為他應該在討她的喜歡上見出自己的眞愛情，應該在不還口相譏上表示自己的沉著有為，應該在盡力供給她顯出自己的勇敢。他得作個模範丈夫，好對得起自己的理想，即使他的伴侶有不盡合理想的地方。況且，她還生了小珠。在生了小珠以後，她顯著更圓潤，更開通，更活潑，既是少婦，又是母親，青春的嬌美與母親的尊嚴聯在一身，香粉味與乳香合在一處；他應當低頭！不錯，她也更厲害了，可是他細細一想呢，也就難以怪她。女子總是女子，他想，既要女子，就須把自己放棄了。再說，他還有小珠呢，可以一塊兒玩，一塊兒睡；教青年的媽媽吵鬧吧，他會和一個新生命最親密的玩耍，作個理想的父親。他會用兩個男子——他與小珠——的嘻笑親熱抵抗一個女性的霸道；就是抵抗與霸道這樣的字眼也還是偶一想到，並不永遠在他心中，使他的心裡堅硬起來。

從對彩珠的態度上，可以看出他處世爲人的居心與方法。他非常的忠誠，消極的他不求有功，只求無過，積極的他要事事對得起良心與那二百元的報酬——他老願賣出三百元的力氣，而並不覺得冤枉。這樣，他被大家視爲沒有前途的人，就是在求他多作點事的緣故，也不過認爲他窩囊好欺，而絕對不感謝。

他自己可並不小看自己，不，他覺得自己很有點硬勁。他絕對不爲自己發愁，憑他的本事，到哪裡也掙得出二百元錢來，而且永遠對得起那些錢。維持住這個生活費用，他就不便多想什麼向前發展的方法與計畫。他永遠不去相面算命。他不求走運，而只管盡心盡力。他不爲任何事情任何主義去宣傳，他只把自己的生命放在正當的工作上。有時候他自認爲牛，正因爲牛有相當的偉大。

平、津像個惡夢似的丟掉，老范正在北平。他必須出來，良心不許他接受任何不正道的錢。可是，他走不出來。他沒有錢，而有個必須起碼坐二等車才肯走的太太。

在彩珠看，世界不過是個大遊戲場，不管颳風還是下雨，都須穿著高跟鞋去看熱鬧。「你上哪兒？你就忍心的撇下我和小珠？我也走？逃難似的教我去受罪？你眞懂事就結了！這些東西，這些東西，怎麼拿？先不用說別的！你可以叫化子似的走，我缺了哪樣東西也不行！又不出聲啦？好吧，你有主意把東西都帶走，體體面面的，像施行似的，我就跟你去；閒閒眼也好！」

抱著小珠，老范一聲也不出。他不願去批評彩珠，只覺得放棄妻子與放棄國旗是同樣忍心的事，而他又沒能力把二者同時都保全住！他恨自己無能，所以原諒了彩珠的無知。

幾天，他在屋中轉來轉去。他不敢出門，不是怕被敵人殺死，而是怕自己沒有殺敵的勇氣。在家裡，他聽著太太叨嘮，看著小珠玩耍，熱淚時時的迷住他的眼。每逢聽到小珠喊他「爸」，他就咬上嘴唇點點頭。

「小珠！」他苦痛到無可如何，不得不說句話了。「小珠！你是小亡國奴！」

這，被彩珠聽見了。「扯什麼淡呢！有本事把我們送到香港去，在這兒瞎發什麼愁！小珠，這兒來，你爸爸要像小鍾的爸爸那麼樣，夠多好！」她的聲音溫軟了許多，眼看著遠處，臉上露出嬌癡的羨慕：「人家帶走二十箱衣裳，住天津租界去！小鍾的媽有我這麼美嗎？」

「小鍾媽，耳朵這樣！」小珠的胖手用力往前推耳朵，準知道這樣可以得媽媽的歡心，因為作過已經不是一次了。

乘小珠和彩珠睡熟，老范輕輕的到外間屋去。把電燈用塊黑布罩上，找出信紙來。他必須逃出亡城，可是自結婚以後，他沒有一點兒儲蓄，無法把家眷帶走。即使勉強的帶了出去，他並沒有馬上找到事情的把握，還不如把目下所能湊到的一點錢留給彩珠，而自己單獨去碰運氣；找到相當的工作，再設法接他們；一時找不到工作，他自己怎樣都好將就活著，而他們不至馬上受罪。好，他想給彩珠留下幾個字，說明這個意思，而後他偷偷的跑出去，連被褥也無須拿。

他開始寫信。心中像有千言萬語，夫妻的愛戀，國事的危急，家庭的責任，國民的義務，離別的難堪，將來的希望，對妻的安慰，對小珠的囑託……都應當寫進去。可是，筆劃在紙上，他的熱情都被難過打碎，寫出的只是幾個最平凡無力的字！撕了一張，第二張一點也不比第一張強，又被扯碎。他沒有再拿筆的勇氣。

一張字紙也不留，就這麼偷偷走？他又沒有這個狠心。他的妻，他的子，不能在國危城陷的時候拋下不管，即使自己的逃亡是爲了國家。

輕輕的走進去，借著外屋一點點燈光，他看到妻與子的輪廓。這輪廓中的一切，他都極清楚的記得；一個痣，一塊小疤的地位都記得極正確。這兩個是他生命的生命。不管彩珠有多少缺點，不管小珠有什麼前途，他自己須先盡了愛護保衛的責任。他的心軟了下去。不能走，不能走！死在一處是不智慧的，可是在感情上似乎很近人情。他一夜沒睡。

同時，在亡城之外彷彿有些呼聲，叫他快走，在國旗下去作個有勇氣有用處的人。

假若他把這呼聲傳達給彩珠，而彩珠也能明白，他便能含淚微笑的走出家門；即使永遠不能與她相見，他也能忍受，也能無愧於心。可是，他知道彩珠絕不能明白；跟她細說，只足引起她的吵鬧；不辭而別，又太狠心。他想不出好的辦法。走？不走？必須決定，而沒法決定；他成了亡城裡一個困獸。

在焦急之中，他看出一線的光亮來。他必須在彩珠所能瞭解的事情中，找出不至太傷她的心，也不至使自己太難過的辦法。跟她談國家大事是沒有任何用處的，她的身體就是她的生命，她不知道身外還有什麼。

「我去掙錢，所以得走！」他明知這裡不盡實在，可是只有這麼說，才能打動她的心，而從她手中跑出去。「我有了事，安置好了家，就來接你們；一定不能像逃難似的，盡我的全力教你和小珠舒服！」

「現在呢？」彩珠手中沒有錢。

「我去借！能借多少就借多少；我一個不拿，全給你們留下！」

「你上哪兒去？」

「上海，南京——能掙錢的地方！」

「到上海可務必給我買個衣料！」

「一定！」

用這樣實際的諾許與條件，老范才教自己又見到國旗。由南京而武漢，他勤苦的工作；工作後，他默默的思念他的妻子。他一個錢也不敢虛花，好對得住妻子；一件事不敢敷衍，好對得起國家。他瘦，他忙，他不放心家小，不放心國家。他常常給彩珠寫信，報告他的一切，歉意的說明他在外工作的意義。他盼家信像盼打勝仗那樣懇切，可是彩珠沒有回信。他明知這是彩珠已接到他的錢與信，錢到她手裡她就會緘默，一向是如此。可是他到底不放心；他不怨彩珠糊塗與疏忽，而正因爲她糊塗，他才更不放心。他甚至憂慮到彩珠是否能負責看護小珠，因爲彩珠雖然不十分瞭解反賢妻良母主義，可是她很會爲了自己的享受而忘了一切家庭的責任。老范並不因此而恨惡彩珠，可是他既在外，便不能給小珠作些忽略了的事，這很可慮，這當自咎。

他在六七個月中已換了三次事，不是因爲他見利思遷，而是各處拉他，知道他肯負責作事。在戰爭中，人們確是慢慢的把良心拿出來，也知道用幾個實心任事的人，即使還不肯自己賣力氣。在這種情形下，老范的價値開始被大家看出，而成功了幹員。他還保持住了二百元薪金的水準，雖然實際上只拿一百將出頭。他不怨少拿錢而多作事；可是他知道彩珠會花錢。既然無力把她接出來，而又不能多給她寄錢，在他看，是件殘酷的事。他老想對得起她，不管她是怎樣的浮淺無知。

到武昌，他在軍事機關服務。他極忙，可是在萬忙中還要擔心彩珠，這使他常常弄出小小的錯誤。忙，憂，愧，三者一齊進攻，他有時候心中非常的迷亂，願忘了一切而只要同時顧慮一切，很怕自己瘋了，而心中的確時時的恍惚。

在敵機的狂炸下，他還照常作他的事。他害怕，卻不是怕自己被炸死，而是在危患中憂慮他的妻子。怎麼一封信沒有呢？假若有她一封信，他便可以在轟炸中無憂無慮的作事，而毫無可懼。那封信將是他最大的安慰！

信來了！他什麼也顧不得，而顫抖著一遍二遍三遍的去讀念。讀了三遍，還沒明白了她說的是什麼，卻在那些字裡看到她的形影，想起當年戀愛期間的欣悅，和小珠的可愛的語聲與面貌。小珠怎樣了呢？他從信中去找，一字一字的細找；沒有，沒提到小珠一個字！失望使他的心清涼了一些；看明白了大部分的字，都是責難他的！她的形影與一切都消逝了，他眼前只是那張死板板的字，與一些冷酷無情的字！警報！他往外走，不知到哪裡去好；手中拿著那封信。再看，再看，雖然得不到安慰，他還想從字裡行間看出她與小珠都平安。沒有，沒有一個「平」字與「安」字，哪怕是分開來寫在不同的地方呢；沒有！錢不夠用，沒有娛樂，沒有新衣服，爲什麼你不回來呢？你在外邊享福，就忘了家中……緊急警報！他立在門外，拿著那封信。飛機到了，高射炮響了，他不動。緊緊的握著那封信，他看到的不是天上的飛機，而是彩珠的飛機式的頭髮。他願將唇放在那曲折香潤的髮上；看了看手中的信紙；心中像刀刺了一下。極忙的往裡跑，他忽然想起該趕快辦的一件公事。

剛跑出幾步，他倒在地上，頭齊齊的從項上炸開，血濺到前邊，給家信上加了些紅點子。

——原載於一九三八年十一月《文摘》（戰時旬刊）第三十七期，後收錄於一九三九年出版之短篇小說集《火車集》

犧牲

言語是奇怪的東西。拿差別說，幾乎每一個人都有些特殊的詞彙。只有某人才用某幾個字，用法完全是他自己的；除非你明白這整個的人，你絕不能瞭解這幾個字。我認識毛先生還是三年前的事。我們倆初次見面的光景，我還記得很清楚，因爲我不懂他的話，所以十分注意的聽他自己解釋，因而附帶的也記住了當時的情形。我不懂他的話，可不是因爲他不會說國語。他的國語就是經國語推行委員會考試也得公公道道的給八十分。我聽得很清楚。但是不明白，假如他用他自己的話寫一篇小說，極精美的印出來，我一定是不明白，除非每句都有他自己的注解。

那正是個晴美的秋天，樹葉剛有些黃的；蝴蝶們還和不少的秋花遊戲著。這是那種特別的天氣：在屋裡吧，作不下工去，外邊好像有點什麼向你招手；出來吧，也並沒什麼一定可作的事：使人覺得工作可惜，不工作也可惜。我就正這麼進退兩難，看看窗外的天光，我想飛到那藍色的空中去；繼而一想，飛到那裡又幹什麼呢？立起來，又坐下，好多次了，正像外邊的小蝴蝶那樣飛起去又落下來。秋光把人與蝶都支使得不知怎樣好了。

最後，我決定出去看個朋友，彷彿看朋友到底像回事，而可以原諒自己似的。來到街上，我還沒有決定去找哪個朋友。天氣給了我個建議。這樣晴爽的天，當然是到空曠地方去，我便想到光惠大學去找老梅，因爲大學既在城外，又有很大的校園。

從樓下我就知道老梅是在屋裡呢：他屋子的窗戶都開著，窗臺上還曬著兩條雪白的手巾。我喊了他一聲，他登時探出頭來，頭髮在陽光下閃出個白圈兒似的。他招呼我上去，我便連蹦帶跳的上了樓。不僅是他的屋子，樓上各處的門與窗都開著呢，一塊塊的陽光印在地板上，使人覺得非常的痛快。老梅在門口迎接我。他搭拉著鞋片，穿著短衣，看著很自在；我想他大概是沒有功課。

「好天氣？」我們倆不約而同的問出來，同時也都帶出讚美的意思。

屋裡敢情還另有一位人呢，我不認識。

老梅的手在我與那位的中間一拉線，我們立刻鄭重的帶出笑容，而後彼此點頭，牙都露出點來，預備問「貴姓」。可是老梅都替我們說了：「——君；毛博士。」我們又彼此齜了齜牙[1]。我坐在老梅的床上；毛博士背著窗，斜向屋門立著；老梅反倒坐在把椅子；不是他們倆很熟，就是老梅不大敬重這位博士，我想。

一邊和老梅閒扯，我一邊端詳這位博士。這個人有點特別。他「全份武裝」的穿著洋服，該

1 齜了齜牙：此指張口，露牙，對視而笑。

怎樣的就全怎樣，例如手絹是在胸袋裡掖著，領帶上別著個針，錶鏈在背心的下部橫著，皮鞋尖擦得很亮等等。可是衣裳至少也像穿過三年的，鞋底厚得不很自然，顯然是曾經換過掌兒。他不是「穿」洋服呢，倒好像是爲誰許下了願，發誓洋裝三年似的；手絹必放在這兒，領帶的針必別在那兒，都是一種責任，一種宗教上的條律。他不使人覺到穿西服的洋味兒，而令人聯想到孝子扶杖披麻的那股勉強勁兒。

他的臉斜對著屋門，原來門旁的牆上有一面不小的鏡子，他是照鏡子玩呢。他的臉是兩頭翹，中間窪，像個元寶筐兒，鼻子好像是睡搖籃呢。眼睛因地勢的關係——在元寶翅的溜坡上——也顯著很深，像兩個小圓槽，槽底上有點黑水；下巴往起翹著，因而下齒特別的向外，彷彿老和上齒頂得你出不來我進不去的。

他的身量不高，身上不算胖，也說不上瘦，恰好支得起那身責任洋服，可又不怎麼帶勁。脖子上安著那個元寶腦袋，腦袋上很負責的長著一大堆黑頭髮，過度負責的梳得光滑。

他照著鏡子，照得有來有去的，似乎很能欣賞他自己的美好。可是我看他特別。他是背著陽光，所以臉的中部有點黑暗，因爲那塊十分的低窪。一看這點窪而暗的地方，我就趕緊向窗外看看，生怕是忽然陰了天。這位博士把那麼晴好的天氣都帶累得使人懷疑它了。這個人彆扭。

他似乎沒心聽我們倆說什麼，同時他又捨不得走開；非常的無聊，因爲無聊所以特別注意他自己。他讓我想到：這個人的穿洋服與生活著都是一種責任。

我不記得我們是正說什麼呢，他忽然轉過臉來，低窪的眼睛閉上了一小會兒，彷彿向心裡找點什麼。及至眼又睜開，他的嘴剛要笑就又改變了計畫，改爲微聲歎了口氣，大概是表示他並沒在心中找到什麼。他的心裡也許完全是空的。

「怎樣，博士？」老梅的口氣帶出來他確是對博士有點不敬重。

博士似乎沒感覺到這個。利用歎氣的方便，他吹了一口：「噗！」彷彿天氣很熱似的。「犧牲太大了！」他說，把身子放在把椅子上，腳伸出很遠去。

「哈佛的博士，受這個洋罪，哎？」老梅一定是拿博士開心呢。

「眞哪！」博士的語聲差不多是顫著：「眞哪！一個人不該受這個罪！沒有女朋友，沒有電影看，」他停了會兒，好像再也想不起他還需要什麼——使我當時很納悶，於是總而言之來了一句：「什麼也沒有！」幸而他的眼是那樣窪，不然一定早已落下淚來；他千眞萬確的是很難過。

「要是在美國？」老梅又幫了一句腔。

「眞哪！哪怕是在上海呢：電影是好的，女朋友是多的。」他又止住了。

除了女人和電影，大概他心裡沒什麼了。我想。我試了他一句：「毛博士，北方的大戲好啊，倒可以看看。」

他楞了半天才回答出來：「聽外國朋友說，中國戲野蠻！」

我們都沒了話。我有點坐不住了。待了半天，我建議去洗澡；城裡新開了一家澡堂，據說設備得很不錯。我本是約老梅去，但不能不招呼毛博士一聲，他既是在這兒，況且又那麼寂寞。

博士搖了搖頭：「危險哪！」

我又糊塗了；一向在外邊洗澡，還沒淹死我一回呢。

「女人按摩！澡盆裡多麼髒！」他似乎很害怕。

明白了：他心中除了美國，只有上海。

「此地與上海不同。」我給他解釋了這麼些。

「可是中國還有哪裡比上海更文明？」他這回居然笑了，笑得很不順眼——嘴差點碰到腦門，鼻子完全陷進去。

「可是上海又比不了美國？」老梅是有點故意開玩笑。

「真哪！」博士又鄭重起來：「美國家家有澡盆，美國的旅館間間房子有澡盆！要洗，嘩——一放水：涼的熱的，隨意對；要換一盆，嘩——把陳水放了，重新換一盆，嘩——」他一氣說完，每個「嘩」字都帶著些吐沫星，好像他的嘴就是美國的自來水龍頭。最後他找補[2]了一小句：「中國人髒得很！」

老梅乘博士「嘩嘩」的工夫，已把袍子、鞋，穿好。博士先走出去，說了一聲「再見哪」，說得非常的難聽，好像心裡滿蓄著眼淚似的。他是捨不得我們，他真寂寞；可是他又不能上「中國」澡堂去，無論是多麼乾淨！

等到我們下了樓，走到院中，我看見博士在一個樓窗裡面望著我們呢。陽光斜射在他的頭上，鼻子的影兒給臉上印了一小塊黑；他的上身前後的微動，那個小黑塊也忽長忽短的動。我們快走到校門了，我回了回頭，他還在那兒立著；獨自和陽光反抗呢，彷彿是。

在路上，和在澡堂裡，老梅有幾次要提說毛博士，我都沒接碴兒[3]。他對博士有點不敬，我不願意被他的意見給我對那個人的印象染上什麼顏色，雖然毛博士給我的印象並不甚好。我還不大明白他，我只覺得他像個半生不熟的什麼東西——他既不是上海的小流氓，也不是在美國長大的：不完全像中國人，也不完全像外國人。他好像是沒有根兒。我的觀察不見得正確，可是不希望老梅來幫忙；我願自己看清楚了他。在一方面，我覺得他彆扭；在另一方面，我覺得他很有趣——不是值得交往，是「龍生九種，種種各別」的那種有趣。

不久，我就得到了個機會。老梅托我給代課。老梅是這麼個人：誰也不知道他怎樣布置的，每學期中他總得請上至少兩三個禮拜的假。這一回是，據他說，因爲他的大侄子被瘋狗咬了，非回家幾天不可。

老梅把鑰匙交給了我，我雖不在他那兒睡，可是在那裡休息和預備功課。

2 找補：此為北京的方言，「補上所不足的」之意。
3 接碴兒：搭腔，意指接著對方的話題繼續說下去。

過了兩天，我覺出來，我並不能在那兒休息和預備功課。只要我一到那兒，毛博士就像毛兒似的飛了來。這個人寂寞。有時候他的眼角還帶著點淚，彷彿是正在屋裡哭，聽見我到了，趕緊跑過來，連淚也沒顧得擦。因此，我老給他個笑臉，雖然他不叫我安安頓頓的休息會兒。

雖然是菊花時節了，可是北方的秋晴還不至於使健康的人長吁短歎的悲秋。毛博士可還是那麼憂鬱。我一看見他，就得望望天色。他彷彿會自己製造一種苦雨淒風的境界，能把屋裡的陽光給趕了出去。

幾天的工夫，我稍微明白些他的言語了。他有這個好處：他能滿不理會別人怎麼向他發楞。誰愛發楞誰發楞，他說他的。他不管言語本是要彼此傳達心意的；跟他談話，我得設想著：我是個留聲機，他也是個留聲機；說就是了，不用管誰明白誰不明白。怪不得老梅拿博士開玩笑呢，誰能和個留聲機推心置腹的交朋友呢？

不管他怎樣吧，我總想治治他的寂苦；年輕輕的不該這樣。

我自然不敢再提洗澡與聽戲。出去走走總該行了。

「怎能一個人走呢？真！」博士又歎了口氣。

「一個人怎就不能走呢？」我問。

「你總得享受享受吧？」他反攻了。

「啊！」我敢起誓，我沒這麼糊塗過。

「一個人去走！」他的眼睛，雖然那麼窪，冒出些火來。

「我陪著你，那麼？」

「你又不是女人。」他歎了口長氣。

我這才明白過來。

過了半天，他又找補了一句：「中國人太髒，街上也沒法走。」

此路不通，我又轉了彎。「找朋友吃小館去，打網球去；或是獨自看點小說，練練字……」我把消磨光陰的辦法提出一大堆；有他那套責任洋服在面前，我不敢提那些更有意義的事兒。

他的回答倒還一致，一句話抄百宗：沒有女人，什麼也不能幹。

「那麼，找女人去好啦！」我看準陣式，總攻擊了。「那不是什麼難事。」

「可是犧牲又太大了！」他又放了糊塗炮。

「嗯？」也好，我倒有機會練習眨巴[4]眼了；他算把我引入了迷魂陣。

「你得給她買東西吧？你得請她看電影，吃飯吧？」他好像是審我呢。

我心裡說：「我管你呢！」

「當然得買，當然得請。這是美國規矩，必定要這樣。可是中國人窮啊；我，哈佛的博士，

4 眨巴：北京的方言，指眼睛快速不斷的又睜又閉。

才一個月拿二百塊洋錢——我得要求加薪！——哪裡省得出這一筆費用？」他顯然是說開了頭，我很注意的聽。「要是花了這麼一筆錢，就順當的訂婚、結婚，也倒好嘍，雖然訂婚要花許多錢，還能不買兩個金戒指麼？金價這麼貴！結婚要花許多錢，蜜月必須到別處玩去，美國的規矩。家中也得安置一下：鋼絲床是必要的，洋澡盆是必要的，沙發是必要的，鋼琴是必要的，地毯是必要的。哎，中國地毯還好，連美國人也喜愛它！這得用幾多錢？這還是順當的話，假如你花了許多錢買東西，請看電影，她不要你呢？錢不是空花了？美國常有這種事呀，可是美國人富哇。拿哈佛說，男女的交際，單講吃冰淇淋的錢，中國人也花不起！你看——」

我等了半天，他也沒有往下說，大概是把話頭忘了；也許是被「中國」氣迷糊了。

我對這個人沒辦法。他只好苦悶他的吧。

在老梅回來以前，我天天聽到些美國的規矩，與中國的野蠻。還就是上海好一些，不幸上海還有許多中國人，這就把上海的地位低降了一大些。對於上海，他有點害怕：野雞、強盜、殺人放火的事，什麼危險都有，都是因爲有中國人——而不是因爲有租界。他眼中的中國人，完全和美國電影中的一樣。

「你必須用美國的精神作事，必須用美國人的眼光看事呀！」他談到高興的時候——還算好，他能因爲談講美國而偶爾的笑一笑——老這樣囑咐我。什麼是美國精神呢？他不能簡單的告訴我。他得慢慢的講述事實，例如家中必須有澡盆，出門必坐汽車，到處有電影園，男人都有女朋友，冬天屋裡的溫度在七十[5]以上，女人們好看，客廳必有地毯……我把這些事都串在一處，還是不大明白美國精神。

老梅回來了，我覺得有點失望：我很希望能一氣明白了毛博士，可是老梅一回來，我不能天天見他了。這也不能怨老梅。本來嗎，咬他的侄子的狗並不是瘋的，他還能不回來嗎？

把功課教到哪裡交代明白了，我約老梅去吃飯。就手兒請上毛博士。我要看看到底他是不能享受「中國」式的交際呢，還是他捨不得錢。

他不去。可是善意的辭謝：「我們年輕的人應當省點錢，何必出去吃飯呢，我們將來必須有個小家庭，像美國那樣的。鋼絲床、澡盆、電爐，」說到這兒，他似乎看出一個理想的小樂園：一對兒現代的亞當夏娃在電燈下低語。「沙發，兩人讀著《結婚的愛》，那是真正的快樂，眞哪！現在得省著點……」

我沒等他說完，扯著他就走。對於不肯花錢，是他有他的計畫與目的，假如他的話是可信的；好了，我看看他享受一頓可口的飯不享受。

到了飯館，我才明白了，他眞不能享受！他不點菜，他不懂中國菜。「美國也有很多中國飯鋪，眞哪。可是，中國菜到底是不衛生的。上海好，吃西餐是方便的。約上女朋友吃吃西餐，倒那

5：此指華氏七十度，約當攝氏二十一度。

個！」

我眞有心告訴他，把他的姓改爲「毛爾」或「毛利司」，豈不很那個？可是沒好意思。我和老梅要了菜。

菜來了，毛博士吃得確不帶勁。他的窪臉上好像要滴下水來，時時的向著桌上發楞。

老梅又開玩笑了：「要是有兩三個女朋友，博士？」

博士忽然的醒過來：「一男一女；人多了是不行的。眞哪。在自己的小家庭裡，兩個人燉一隻雞吃吃，眞愜意！」

「也永遠不請客？」老梅是能板著臉裝傻的。

「美國人不像中國人這樣亂交朋友，中國人太好交朋友了，太不懂愛惜時間，不行的！」毛博士指著臉子教訓老梅。

我和老梅都沒掛氣；這位博士確是眞誠，他眞不喜歡中國人的一切——除了地毯。他生在中國，最大的犧牲，可是沒法兒改善。他只能厭惡中國人，而想用全力組織個美國式的小家庭，給生命與中國增點光。自然，我不能相信美國精神就像是他所形容的那樣，但是他所看見的那些，他都虔誠的信奉，澡盆和沙發是他的神。我也想到，設若他在美國就像他在中國這樣，大概他也是沒看見什麼。可是他的確看見了美國的電影園，的確看見了中國人不乾淨，那就沒法辦了。

因此，我更對他注意了。我絕不會治好他的苦悶，也不想分這份神了。我要看清楚他到底是怎回事。

雖然不給老梅代課了，可還不斷找他去，因此也常常看到毛博士。有時候老梅不在，我便到毛博士屋裡坐坐。

博士的屋裡沒有多少東西。一張小床，旁邊放著一大一小兩個鐵箱。一張小桌，鋪著雪白的桌布，擺著點文具，都是美國貨。兩把椅子，一張爲坐人，一張永遠坐著架打字機。另有一張搖椅，放著個爲賣給洋人的團龍繡枕。他沒事兒便在這張椅上搖，大概是想把光陰搖得無可奈何了，也許能快一點使他達到那個目的。窗臺上放著幾本洋書。牆上有一面哈佛的班旗，幾張在美國照的像片。屋裡最帶中國味的東西便是毛博士自己，雖然他也許不願這麼承認。

到他屋裡去過不是一次了，始終沒看見他擺過一盆鮮花，或是貼上一張風景畫或照片。有時候他在校園裡偷折一朵小花，那只爲插在他的洋服上。這個人的理想完全是在創造一個人爲的，美國式的，暖潔的小家庭。我可以想到，設若這個理想的小家庭有朝一日實現了，他必定放著窗簾，就是外面的天色變成紫的，或是太陽從西邊出來，他也沒那麼大工夫去看一眼。大概除了他自己與他那點美國精神，宇宙一切並不存在。

在事實上也證明了這個。我們的談話限於金錢、洋服、女人、結婚、美國電影。有時候我提到政治，社會的情形、文藝，和其他的我偶爾想起或哄動一時的事，他都不接碴兒。不過，設若這些事與美國有關係，他還肯敷衍幾句，可是他另有個說法。比如談到美國政治，他便告訴我一件事實：美國某議員結婚的時候，新夫婦怎樣的坐著汽車到某禮拜堂，有多少巡警去維持秩序，因爲教堂外觀者如山如海！對別的事也是如此，他心目中的政治、美術，和無論什麼，都是結婚與中產階級文化的光華方面的附屬物。至於中國，中國還有政治、藝術、社會問題等等？他最恨中國電影；中國電影不好，當然其他的一切也不好。對中國電影最不滿意的地方便是男女不摟緊了熱吻。

幾年的哈佛生活，使他得到那點美國精神，這我明白。我不明白的是：難道他不是生在中國？他的家庭不是中國的？他沒在中國——在上美國以前——至少活了二十來歲？爲什麼這樣不明白不關心中國呢？

我試探多少次了，他的家中情形如何，求學與作事的經驗……哼！他的嘴比石頭子兒還結實！這就奇怪了，他永遠趕著別人來閒扯，可是他又不肯說自己的事！

和他交往快一年了，我似乎看出點來：這位博士並不像我所想的那麼簡單。即使他是簡單，他的簡單必是另一種。他必是有一種什麼宗教性的戒律，使他簡單而又深密。

他既不放鬆了嘴，我只好重新估定他的外表了。每逢我問到他個人的事，我留神看他的臉。他不回答我的問題，可是他的臉並沒完全閒著。他一定不是個壞人，他的臉出賣了他自己。他的深密沒能完全勝過他的簡單，可是他必須要深密。或者這就是毛博士之所以爲毛博士了；要不然，還有什麼活頭〝呢。人必須有點什麼抓得住自己的東西。有的人把這點東西永遠放在嘴邊上，有的人把它永遠埋在心裡頭。辦法不同，立意是一個樣的。毛博士想把自己拴在自己的心上。他的美國精神與理想的小家庭是掛在嘴邊上的，可是在這後面，必是在這「後面」才有眞的他。

他的臉，在我試問他的時候，好像特別的窪了。從那最窪的地方發出一點黑晦，慢慢的布滿了全臉，像片霧影。他的眼，本來就低深不易看到，此時便更往深處去了，彷彿要完全藏起去。他那些彼此永遠擠著的牙輕輕咬那麼幾下，耳根有點動，似乎是把心中的事嚴嚴的關住，唯恐走了一點風。然後，他的眼忽然發出些光，臉上那層黑影漸漸的捲起，都捲入頭髮裡去。「眞哪！」他不定說什麼呢，與我所問的沒有萬分之一的關係。他勝利了，過了半天還用眼角撩我幾下。只設想他一生下來便是美國博士，雖然是簡截的辦法，但是太不成話。問是問不出來，只好等著吧。反正他不能老在那張椅上搖著玩，而一點別的不幹。

光陰會把人事篩出來。果然，我等到一件事。

快到暑假了，我找老梅去。見著老梅，我當然希望也見到那位苦悶的象徵。可是博士並沒露面。

我向外邊一歪頭。「那位呢？」

「一個多星期沒露面了。」老梅說。

「怎麼了？」

6活頭：活著的樂趣。

「據別人說，他要辭職，我也知道的不多，」老梅笑了笑，「你曉得，他不和別人談私事。」

「別人都怎說來？」我確是很熱心的打聽。

「他們說，他和學校訂了三年的合同。」

「你是幾年？」

「我們都沒合同，學校只給我們一年的聘書。」

「怎麼單單他有呢？」

「美國精神，不訂合同他不幹。」

整，像毛博士！

老梅接著說：「他們說，他的合同是中英文各一份，雖然學校是中國人辦的。博士大概對中國文字不十分信任。他們說，合同訂的是三年之內兩方面誰也不能辭誰，不得要求加薪，也不准減薪。雙方簽字，美國精神。可是，幹了一年——這不是快到暑假了嗎——他要求加薪，不然，他暑假後就不來了。」

「嘔，」我的腦子轉了個圈。「合同呢？」

「立合同的時候是美國精神，不守合同的時候便是中國精神了。」老梅的嘴往往失於刻薄。

可是他這句話暗示出不少有意思的意思來。老梅也許是順口的這麼一說，可是正說到我的心坎上。

「學校呢？」我問。

「據他們說，學校拒絕了他的請求；當然，有合同嘛。」

「他呢？」

「誰知道！他自己的事不對別人講。就是跟學校有什麼交涉，他也永遠是寫信，他有打字機。」

「學校不給他增薪，他能不幹了嗎？」

「沒告訴你嗎，沒人知道！」老梅似乎有點看不起我。「他不幹，是他自己失了信用；可是我準知道，學校也不會拿著合同跟他打官司，誰有工夫鬧閒氣。」

「你也不知道他要求增薪的理由？嘔，我是糊塗蟲！」我自動的撤銷這一句，可是又從另一方面提出一句來：「似乎應當有人去勸勸他！」

「你去吧；沒我！」老梅又笑了。「請他吃飯，不吃；喝酒，不喝；問他什麼，不說；他要說的，別人聽著沒味兒；這麼個人，誰有法兒像個朋友似的去勸告呢？」

「你可也不能說，這位先生不是很有趣的？」

「那要憑怎麼看了。病理學家看瘋人都很有趣。」老梅的語氣不對，我聽著。

---

7 整：完全、全然之意。

想了想，我問他：「老梅，博士得罪了你吧？我知道你一向對他不敬，可是——」

他笑了。「耳朵還不離[8]，有你的！近來眞有點討厭他了。一天到晚，女人女人女人，誰那麼愛聽！」

「這還不是眞正的原因。」我又給了他一句。

我深知道老梅的爲人：他不輕易佩服誰；可是誰要是眞得罪了他，他也不輕易的對別人講論。原先他對博士不敬，並無多少含意，所以倒肯隨便的談論；此刻，博士必是眞得罪了他，他所以不願說了。不過，經我這麼一問，他也沒了辦法。「告訴你吧，」他很勉強的一笑：「有一天，博士問我，梅先生，你也是教授？我就說了，學校這麼請的我，我也沒法。可是，他說，你並不是美國的博士？我說，我不是；美國博士値幾個子兒一枚？我問他。他沒說什麼，可是臉完全綠了。這還不要緊，從那天起，他好像死記上了我。他甚至寫信質問校長：梅先生沒有博士學位，怎麼和有博士學位的——而且是美國的——掙一樣多的薪水呢？我不曉得他從哪裡探問出我的薪金數目。」

「校長也不好，不應當讓你看那封信。」

「校長才不那麼糊塗；博士把那封信也給了我一封，沒簽名。他大概是不屑與我爲伍。」老梅笑得更不自然了。青年都是自傲的。

「哼，這還許就是他要求加薪的理由呢！」我這麼猜。

「不知道。咱們說點別的？」

辭別了老梅，我打算在暑假放學之前至少見博士一面，也許能夠打聽出點什麼來。湊巧，我在街上遇見了他。他走得很急。眉毛擰著，臉窪得像個羹匙。不像是走道呢，他似乎是想把一肚子怨氣趕出去。

「哪兒去，博士？」我叫住了他。

「上郵局去。」他說，掏出手絹——不是胸袋掖著的那塊——擦了擦汗。

「快暑假了，到哪裡去休息？」

「眞哪！聽說青島很好玩，像外國。也許去玩玩。不過——」

我準知道他要說什麼，所以沒等「不過」的下回分解說出來，便又問：「暑假後還回來嗎？」

「不一定。」或者因爲我問得太急，所以他稍微說走了嘴：不一定自然含有不回來的意思。他馬上覺到這個，改了口：「不一定到青島去。」假裝沒聽見我所問的。「一定到上海去的。痛快的看幾次電影；在北方作事，犧牲太大了，沒好電影看！上學校來玩啊，省得寂寞！」話還沒說俐落，他走開了，一邁步就露出要跑的趨勢。

我不曉得他那個「省得寂寞」是指著誰說的。至於他的去留，只好等暑假後再看吧。

8耳朵還不離：取成語「耳不離腮」、「唇不離腮」之意，指兩者關係親密、分不開，這裡是指「你真是懂我、了解我」。

剛一考完，博士就走了，可是沒把東西都帶去。據老梅的猜測：博士必是到別處去謀事，成功呢便用中國精神硬不回來，不管合同上定的是幾年。找不到事呢就回來，表現他的美國精神。事實似乎與這個猜測相合：博士支走了三個月的薪水。我們雖不願往壞處揣度人，可是他的舉動確是令人不能完全往好處想。薪水拿到手裡究竟是牢靠些，他只信任他自己，因爲他常使別人不信任他。

過了暑假，我又去給老梅代課。這回請假的原因，大概連老梅自己也不準知道，他並沒告訴我麼。好在他準有我這麼個替工，有原因沒有的也沒多大關係了。

毛博士回來了。

誰都覺得這麼回來是怪不得勁的，除了博士自己。他很高興。設若他的苦悶使人不表同情，他的笑臉看起來也有點多餘。他是打算用笑表示心中的快活，可是那張臉不給他作勁。他一張嘴便像要打哈欠，直到我看清他的眼中沒有淚，才醒悟過來；他原來是笑呢。這樣的笑，笑不笑沒多大關係。他緊自這麼笑，鬧得我有點發毛咕。

「上青島去了嗎？」我招呼他。

他正在門口立著。

「沒有。青島沒有生命，眞哪！」他笑了。

「啊？」

「進來，給你件寶貝看！」

我，傻子似的，跟他進去。

屋裡和從前一樣，就是床上多了一個蚊帳。他一伸手從蚊帳裡拿出個東西，遮在身後：

「猜！」

我沒這個興趣。

「你說是南方女人，還是北方女人好？」他的手還在背後。我永遠不回答這樣的問題。

他看我沒意思回答，把手拿到前面來，遞給我一張像片。而後肩並肩的擠著我，臉上的笑紋好像眞要往我臉上走似的；沒說什麼；他的嘴也不知是怎麼弄的，直唧唧的響。

女人的像片。拿像片斷定人的美醜是最容易上當的，我不願說這個女人長得怎麼樣。就它能給我看到的，不過是年紀不大，頭髮燙得很複雜而曲折，小臉，圓下頦，大眼睛。不難看，總而言之。

「定了婚，博士？」我笑著問。

博士笑得眉眼都沒了準地方，可是沒出聲。

我又看了看像片，心中不由得怪難過的。自然，我不能代她斷定什麼；不過，我倘若是個女子……「犧牲太大了！」博士好容易才說出話來：「可是値得的，眞哪！現在的女人多麼精，才

9緊自：一直、連續不斷之意。毛咕：北京的方言，指內心因為害怕而慌亂。

二十一歲，什麼都懂，彷彿在美國留過學！頭一次我們看完電影，她無論怎說也得回家，精呀！第二次看電影，還不許我拉她的手，多麼精！電影票都是我打的！最後的一次看電影才准我吻了她一下，眞哪！花多少錢也值得，沒空花了；我臨來，她送我到車站，給我買來的水果！花點錢，值得，她永遠是我的；打野雞不行呀，花多少錢也不行，而且有危險的！從今天起，我要省錢了。」

我插進去一句：「你一向花錢還算多嗎？」

「哎喲！」元寶底上的眼睛居然努出來了。「怎麼不費錢！一個人，吃飯，洗衣服。哪樣不花錢！兩個人也不過花這麼多，飯自己作，衣服自己洗。夫婦必定要互助呀。」

「那麼，何必格外省錢呢？」

「鋼絲床要的吧？澡盆要的吧？沙發要的吧？鋼琴要的吧？結婚要花錢的吧？蜜月要花錢的吧？家庭是家庭喲！」他想了想：「結婚請牧師也得送錢的！」

「幹麼請牧師？」

「鄭重；美國的體面人都請牧師證婚，眞哪！」他又想了想：「路費！她是上海的；兩個人從上海到這裡坐二等車！中國是要不得的，三等車沒法坐的！你算算一共要幾多錢？你算算看！」他的嘴咕弄著，手指也輕輕的掐，顯然是算這筆賬呢。大概是一時算不清，他皺了皺眉。緊跟著又笑了：「多少錢也得花的！假如你買個五千元的鑽石，不是爲戴上給人看麼？一個南方美人，來到北方，我的，能不光榮些麼？眞哪，她是上海最美的女子；這還不值得犧牲麼？一個人總得犧牲的！」

我始終還是不明白什麼是犧牲。

替老梅代了一個多月的課，我的耳朵裡整天嗡嗡著上海、結婚、犧牲、光榮、鋼絲床……有時候我編講義都把這些編進去，而得重新改過；他已把我弄糊塗了。我眞盼老梅早些回來，讓我去清靜兩天吧。觀察人性是有意思的事，不過人要像年糕那樣黏，把我的心都黏住，我也有受不了的時候。

老梅還有五六天就回來了。正在這個時候，博士又出了新花樣。他好像一篇富於技巧的文章，正在使人要生厭的時候，來幾句漂亮的。

他的喜勁過去了。除了上課以外，他總在屋裡拍拉拍拉的打字。拍拉過一陣，門開了，溜著牆根，像條小魚似的，他下樓去送信。照直去，照直回來；在屋裡咚咚的走。走著走著，歎一口氣，聲音很大，彷彿要把樓歎倒了，以便同歸於盡似的。歎過氣以後，他找我來了，臉上帶著點頂慘澹的笑。「噗！」他一進門先吹口氣，好像屋中盡是塵土。然後，「你們眞美呀，沒有傷心的事！」

他的話老有這麼種別致的風格，使人沒法答碴兒。好在他會自動的給解釋：「沒法子活下去，眞哪！哭也沒用，光陰是不著急的！恨不能飛到上海去！」

「一天寫幾封信？」我問了句。

「一百封也是沒用的！我已經告訴她，我要自殺了！這樣不是生活，不是！」博士連連搖頭。

「好在到年假才還不到三個月。」我安慰著他，「不是年假裡結婚嗎？」

他沒有回答，在屋裡走著。待了半天：「就是明天結婚，今天也是難過的！」

我正在找些話說，他忽然像忘了些什麼重要的事，一閃似的便跑出去。剛進到他的屋中，拍拉，拍拉，拍，打字機又響起來。

老梅回來了。我在年假前始終沒找他去。在新年後，他給我轉來一張喜帖。用英文印的。我很替毛博士高興，目的達到了，以後總該在生命的別方面努力了。

年假後兩三個星期了，我去找老梅。談了幾句便又談到毛博士。

「博士怎樣？」我問，「看見博士太太沒有？」

「誰也沒看見她；他是除了上課不出來，連開教務會議也不到。」

「咱倆看看去？」

老梅搖了頭：「人家不見，同事中有碰過釘子的了。」

這個，引動了我的好奇心。沒告訴老梅，我自己要去探險。

毛博士住著五間小平房，院牆是三面矮矮的密松。遠遠的，我看見院中立著個女的，細條身材，穿著件黑袍，臉朝著陽光。她一動也不動，手直垂著，連蓬鬆的頭髮好像都鑲在晴冷的空中。我慢慢的走，她始終不動。院門是兩株較高的松樹，夾著一個綠短棚子。我走到這個小門前了，與她對了臉。她像嚇了一跳，看了我一眼，急忙轉身進去了。在這極短的時間內，我得了個極清楚的印象：她的臉色青白，兩個大眼睛像迷失了的羊的那樣悲鬱，頭髮很多很黑，和下邊的長黑袍聯成一段哀怨。她走得極輕快，好像把一片陽光忽然全留在屋子外邊。我沒去叫門，慢慢的走回來了。我的心中冷了一下，然後覺得茫然的不自在。到如今我還記得這個黑衣女。

大概多數的男人對於女性是特別顯著俠義的。我差不多成了她的義務偵探了。博士是否帶她常出去玩玩，譬如看看電影？他的床是否鋼絲的？澡盆？沙發？當他跟我閒扯這些的時候，我覺得他毫無男子氣。可是由看見她以後，這些無聊的事都在我心中占了重要的地位；自然，這些東西的價值是由她得來的。我鑽天覓縫的探聽，甚至於賄賂毛家的僕人——他們用著一個女僕。我所探聽到的是他們沒出去過，沒有鋼絲床與沙發。他們吃過一回雞，天天不到九點鐘就睡覺……

我似乎明白些毛博士了。凡是他口中說的——除了他眞需要個女人——全是他視爲作不到的；所以作不到的原因是他愛錢。他夢想要作個美國人；及至來到錢上，他把中國固有的夫爲妻綱[10]又搬出來了。他是個自私自利而好摹仿的猴子。設若他沒上過美國，他一定不會這麼樣，他至少在人情上帶出點中國氣來。他上過美國，覺著他爲中國當個國民是非常冤屈的事。他可以依著自己的方

10夫為妻綱：此為中國用以維繫社會家國秩序法度的「三綱」之一，依序是「君為臣綱、父為子綱、夫為妻綱」，指後者應服膺前者的一切，作為行事準繩。三綱之說，先後由兩漢的學者董仲舒（《春秋繁露》）、班固（《白虎通義》），鑽研、歸納多部儒家典籍思想後而提出。

便，在所謂的美國精神裝飾下，作出一切。結婚，大概只有早睡覺的意思。

我沒敢和老梅提說這個，怕他恥笑我；說眞的，我實在替那個黑衣女抱不平。可是，我不敢對他說；他的想像是往往不易往厚道裡走的。

春假了，由老梅那裡我聽來許多人的消息：有的上山去玩，有的到別處去逛，我聽不到博士夫婦的。學校裡那麼多人，好像沒人注意他們倆——按一般的道理說，新夫婦是最使人注意的。

我決定去看看他們。

校園裡的垂柳已經綠得很有個樣兒了。丁香花可是才吐出顏色來。教員們，有的沒去旅行，差不多都在院中種花呢。到了博士的房子左近，他正在院中站著。他還是全份武裝的穿著洋服，雖然是在假期裡。陽光不易到的地方，還是他的臉的中部。隔著松牆我招呼了他一聲：「沒到別處玩玩去，博士？」

「哪裡也沒有這裡好，」他的眼撩了遠處一下。

「美國人不是講究旅行麼？」我一邊說一邊往門那裡湊。

他沒回答我。看著我，他直往後退，顯出不歡迎我進去的神氣。我老著臉，一勁的前進。他退到屋門，我也離那兒不遠了。他笑得極不自然了，牙咬了兩下，他說了話：「她病了，改天再招待你呀。」

「好吧。」我也笑了笑。

「改天來——」他沒說完下半截便進去了。

我出了門，校園中的春天似乎忽然逃走了。我非常不痛快。

又過了十幾天，我給博士一個信兒，請他夫婦吃飯。我算計著他們大概可以來；他不交朋友，她總不會也願永遠囚在家中吧？

到了日期，博士一個人來了。他的眼邊很紅，像是剛揉了半天的。臉的中部特別顯著窪，頭上的筋都跳著。

「怎啦，博士？」我好在沒請別人，正好和他談談。

「婦人，婦人都是壞的！都不懂事！都該殺的！」

「和太太吵了嘴？」我問。

「結婚是一種犧牲，眞哪！你待她天好，她不懂，不懂！」博士的淚落下來了。

「到底怎回事？」

博士抽搭了半天，才說出三個字來：「她跑了！」他把腦門放在手掌上，哭起來。

我沒想安慰他。說我幸災樂禍也可以，我確是很高興，替她高興。

待了半天，博士抬起頭來，沒顧得擦淚，看著我說：「犧牲太大了！叫我，眞！怎樣再見人呢？我是哈佛的博士，我是大學的教授！她一點不給我想想！婦人！」

「她爲什麼走了呢？」我假裝皺上眉。

「不曉得。」博士淨了下鼻子。「凡是我以為對的，該辦的，我都辦了。」

「比如說？」

「儲金，保險，下課就來家陪她，早睡覺，多了，多了！是我見到的，我都辦了；她不瞭解，她不欣賞！每逢上課去，我必吻一下，還要怎樣呢？你說！」

我沒的可說，他自己接了下去。他是真慭急了，在學校裡他沒一個朋友。「婦女是不明白男人的！訂婚，結婚，已經花了多少錢，難道她不曉得？結婚必須男女兩方面都要犧牲的。我已經犧牲了那麼多，她犧牲了什麼？到如今，跑了，跑了！」博士立起來，手插在褲袋裡，眉毛擰著：「跑了！」

「怎辦呢？」我隨便問了句。

「沒女人我是活不下去的！」他並沒看我，眼看著他的領帶。「活不了！」

「找她去？」

「當然！她是我的！跑到天邊，沒我，她是個『黑』人！她是我的，那個小家庭是我的，她必得老跟著我！」他又坐下了，又用手托住腦門。

「假如她和你離婚呢？」

「憑什麼呢？難道她不知道我愛她嗎？不知道那些錢都是為她花了嗎？就沒一點良心嗎？離婚？我沒有過錯！」

「那是眞的。」我自己知道這是什麼意思。

他抬頭看了我一眼，氣好像消了些，舐了舐嘴唇，歎了口氣：「眞哪，我一見她臉上有些發白，第二天就多給她一個雞子兒吃！我算盡到了心！」他又不言語了，呆呆的看著皮鞋尖。

「你知道她上哪兒了？」

博士搖了搖頭。又坐了會兒，他要走。我留他吃飯，他又搖頭：「我回去，也許她還回來。我要是她，我一定回來。她大概是要回來的。我回去看看。我永遠愛她，不管她待我怎樣。」他的淚又要落下來，勉強的笑了笑，抓起帽子就往外走。

這時候，我有點可憐他了。從一種意義上說，他的確是個犧牲者——可是不能怨她。

過了兩天，我找他去，他沒拒絕我進去。

屋裡安設得很簡單，除了他原有的那份傢俱，只添上了兩把籐椅，一張長桌，桌上擺著他那幾本洋書。這是書房兼客廳；西邊有個小門，通到另一間去，掛著個洋花布單簾子。窗上都擋著綠布簾，光線不十分足。地板上鋪著一領厚花席子。屋裡的氣味很像個歐化了的日本家庭，可是沒有那些靈巧的小裝飾。

我坐在籐椅上，他還坐那把搖椅，臉對著花布簾子。我們倆當然沒有別的可談。他先說了話：「我想她會回來，到如今竟自沒消息，好狠心！」說著，他忽然一挺身，像是要立起來，可是極失望的又縮下身去。原來這個花布簾被一股風吹得微微一動。

這個人已經有點中了病！我心中很難過了。可是，我一想結婚剛三個多月，她就逃走，想必她是眞受不住了；想必她也看出來，這個人是無希望改造的。三個月的監獄生活是滿可以使人鋌而走險的。況且，夫婦的生活，有時候能使人一天也受不住的——由這種生活而起的厭惡比毒藥還厲害。我由博士的氣色和早睡的習慣已猜到一點，現在我要由他口中證實了。我和他談一些嚴肅的話之後便換換方向，談些不便給多於兩個人聽的。他也很喜歡談這個，雖然更使他傷心。

他把這種事叫「愛」。他很「愛」她。他還有個理論：「因爲我們用腦子，所以我們懂得怎樣『愛』，下等人不懂！」

我心裡說，「要不然她怎麼會跑了呢！」

他告訴我許多這種經驗，可是臨完‥更使他悲傷——沒有女人是活不下去的！我去了幾次，慢慢的算是明白了他一點：對於女人，他只管「愛」，而結婚與家庭設備的花費是「愛」的代價。這個代價假如輕一點，「博士」會給增補上所欠的分量。「一個美國博士，你曉得，在女人心中是占分量的。」他說，附帶著告訴我：「你想要個美的，大學畢業的，年輕的，品行端正的女人，先去得個博士，眞哪！」

他的氣色一天不如一天了。對那個花布簾，他越發注意了；說著說著話，他能忽然立起來，走過去，掀一掀它。而後回來，坐下，不言語好大半天。他的臉比綠窗綠得暗一些。

可是他始終沒要找她去，雖然嘴裡常這麼說。我以爲即使他怕花了錢而找不到她，也應當走一走，或至少是請幾天假。爲什麼他不躲幾天，而照常的上課，雖然是帶著眼淚？後來我才明白：他要大家同情他，因爲他的說法是這樣：「嫁給任何人，就屬於任何人，況且嫁的是博士？從博士懷中逃走，不要臉，沒有人味！」他不能親自追她去。但是他需要她，他要「愛」。他希望她回來，因爲他不能白花了那些錢。這個，尊嚴與「愛」，犧牲與恥辱，使他進退兩難，啼笑皆非，一天不定掀多少次那個花布簾。他甚至於後悔沒娶個美國女人了，中國女人是不懂事，不懂美國精神的！

木槿花一開，就快放暑假了。毛博士已經幾天沒有出屋子。據老梅說，博士前幾天還上課，可是在課堂上只講他自己的事，所以學校請他休息幾天。

我又去看他，他還穿著洋服在椅子上搖呢，可是臉已不像樣兒了，最窪的那一部分已經像陷進去的坑，眼睛不大愛動了，可是他還在那兒坐著。我勸他到醫院去，他搖頭：「她回來，我就好了；她不回來，我有什麼法兒呢？」他很堅決，似乎他的命不是自己的。「再說，」他喘了半天氣才說出來：「我已經天天喝牛肉湯；不是我要喝，是爲等著她；犧牲，她跑了我還得爲她犧牲！」

我實在找不到話說了。這個人幾乎是可佩服的了。待了半天，他的眼忽然亮了，抓住椅子扶手，直起胸來，耳朵側著，「聽！她回來了！是她！」他要立起來，可是只弄得椅子前後的搖了幾下，他起不來。

---

11 臨完：即臨了，到最後之意。

外邊並沒有人。他倒了下去，閉上了眼，還喘著說：「她——也——許——明天來。她是——我——的！」

暑假中，學校給他家裡打了電報，來了人，把他接回去。以後，沒有人得到過他的信。有的人說，到現在他還在瘋人院裡呢。

——原載於一九三四年四月《文學》第二卷第四期，後收錄於一九三五年出版之短篇小說集《櫻海集》

沈二哥加了薪水

四十來歲，扁臉，細眉，冬夏常青的笑著，就是沈二哥。走路非常愼重，左腳邁出，右腳得想一會兒才敢跟上去。因此左肩有些探出。在左肩左腳都伸出去，而右腳正思索著的時節，很可以給他照張像，姿態有如什麼大人物剛下飛機的樣子。

自幼兒沈二哥就想作大人物，到如今可是還沒信兒作成。因爲要作大人物，就很謹愼，成人以後誰也曉得他老於世故。可是老於世故並不是怎樣的驚天動地。他覺得受著壓迫，很悲觀。處處他用著心思，事事他想得周到，步法永遠一絲不亂，可也沒走到哪兒去。他不明白。總是受著壓迫，他想；不然的話……他要由細膩而豐富，誰知道越細心越往小裡抽[1]，像個盤中的桔子，一天比一天縮小。他感到了空虛，而莫名其妙。

只有一點安慰——他沒碰過多少釘子，凡事他都要「想想看」，唯恐碰在釘子上。他躲開了許

1 抽：收、縮之意。

多釘子，可是也躲開了偉大；安慰改成了失望。四十來歲的了，他還沒飛起來過一次。躲開一些釘子，眞的，可是嘴按在沙窩上，不疼，怪憋得慌。

對家裡的人，他算盡到了心。可是他們都欺侮他。太太又要件藍自由呢的夾袍。他照例的想想看，不說行，也不說不行。他得想想看：論歲數，她也三十五六了，穿哪門子自由呢？論需要，她不是有兩三件夾袍了嗎？論體面，似乎應當先給兒女們做新衣裳，論……他想出無數的理由，可是不便對她直說。想想看最保險。

「想想看，老想想看，」沈二嫂掛了氣[2]：「想他媽的蛋！你一輩子可想出來什麼了！」

沈二哥的細眉擰起來，太太沒這樣厲害過，野蠻過。他不便還口，老夫老妻的，別打破了臉。太太會後悔的，一定。他管束著自己，等她後悔。

可是一兩天了，他老沒忘了她的話，一時一刻也沒忘。時時刻刻那兩句話刺著他的心。他似乎已忘了那是她說的，他已忘了太太的厲害與野蠻。那好像是一個啓示，一個提醒，一個向生命的總攻擊。「一輩子可想出什麼來了？老想想看！想他媽的蛋！」在往日，太太要是發脾氣，他只認爲那是一種壓迫——他越細心，越周到，越智慧，他們大家越欺侮他。這一回可不是這樣了。這不是壓迫，不是鬧脾氣，而是什麼一種搖動，像一陣狂風要把老老實實的一棵樹連根拔起來，連根！他彷彿忽然明白過來：生命的所以空虛，都因爲想他媽的蛋。他得幹點什麼，要幹就幹，再沒有想想看。

是的，馬上給她買自由呢，沒有想想看。生命是要流出來的，不能罐裡養王八[3]。不能！三角五一尺，自由呢。買，沒有想想看，連價錢也不還，買就是買。

颳著小西北風，斜陽中的少數黃葉金子似的。風颳在扁臉上，涼，痛快。秋也有它的光榮。沈二哥夾著那捲兒自由呢，幾乎是隨便的走，歪著肩膀，兩腳誰也不等著誰，一溜歪斜的走。沒有想想看，碰著人也活該。這是點勁兒。先叫老婆賞識賞識，三角五一尺，自由呢，連價也沒還，勁兒！沈二哥的平腮掛出了紅色，心裡發熱。生命應該是熱的，他想，他痛快。

「給你，自由呢！」連多少錢一尺也不便說，丈夫氣。

「你這個人，」太太笑著，一種輕慢的笑，「不問問我就買，真，我昨天已經買下了。得，來個雙份。有錢是怎著？」

「那你可不告訴我？」沈二哥還不肯後悔，只是乘機會給太太兩句硬的：「雙份也沒關係，買了就是買了！」

「喲，瞧這股子勁！」太太幾乎要佩服丈夫一下。「吃了橫人肉了？不告訴你嘍，哪一回想想

2掛氣：生氣之意。

3罐裡養王八：王八，代指烏龜，此説法據稱始自西漢。罐裡養王八，意指把烏龜養在罐子裡，活動範圍有限，引申為「沒有出息」之意。

看不是個蔫溜兒屁[4]！」太太決定不佩服他一下了。

沈二哥沒再言語，心中較上了勁。快四十了，不能再抽抽。英雄偉人必須有個勁兒，沒有前思，沒有後想，對！第二天上衙門，走得很快。遇上熟人，大概的一點頭，向著樹，還是向著電線桿子，都沒關係。使他們驚異，正好。

衙門裡同事的有三個加了薪。沈二哥決定去見長官，沒有想想看。沈二哥在衙門裡多年了，哪一件事，經他的手，沒出過錯。加薪沒他的事？可以！他挺起身來，自己覺得高了一塊，去見司長。

「司長，我要求加薪。」沒有想想看，要什麼就說什麼。這是到偉大之路。

「沈先生，」司長對老人兒挺和氣，「坐，坐。」

沒有想想看，沈二哥坐在司長的對面，臉上紅著。

「要加薪？」司長笑了笑，「老人兒了，應當的，不過，我想想看。」

「沒有想想看，司長，說句痛快的！」沈二哥的心幾乎炸了，聲音發顫，一輩子沒說過這樣的話。

司長楞了，手下沒有一個人敢這樣說話，特別是沈二哥；沈二哥一定有點毛病，也許是喝了兩盅酒，「沈先生，我不能馬上回答你；這麼辦，晚上你到我家裡，咱們談一談？」

沈二哥心中打了鼓，幾乎說出「想想看」來。他管住了嘴：「晚上見，司長。」他退出屋。

什麼意思呢？什麼意思呢？管它呢，已經就是已經。看司長的神氣，也許……不管！該死反正活不了。不過，眞要是……沈二哥的臉慢慢白了，嘴唇自己動著。他得去喝盅酒，酒是英雄們的玩藝兒。可是他沒去喝酒，他沒那個習慣。

他決定到司長家裡去。一定沒什麼錯兒；要是眞得罪了司長，還往家中邀他麼？說不定還許有點好處，「硬」的結果；人是得硬，哪怕偶爾一次呢。他不再怕，也不告訴太太，他一聲不出的去見司長，得到好處再告訴她，得叫她看一手兩手的。沈二哥幾乎是高了興。

司長眞等著他呢。很客氣，並且管他叫沈二哥：「你比我資格老，我們背地裡都叫你沈二哥，坐，坐！」

沈二哥感激司長，想起自己的過錯，不該和司長耍脾氣。「司長，對不起，我那麼無禮。」沈二哥交代了這幾句，心裡合了轍[5]。他就是這麼說話的時候覺得自然，合身分。

「自己一定是瘋了，跟司長翻臉。」他心裡說。他一點也不硬了，規規矩矩的坐著，眼睛看著自己的膝。

4吃了橫人肉：橫，此指反常的、讓人意想不到的；吃了橫人肉，意為吃錯藥了，何以如此反常。蔫溜：蔫，枯萎；蔫溜，本指精神頹喪委靡，引申為遇事沒有下文，悄悄隱遁。

5合轍：回到常軌。

「司長叫我幹什麼?」

「沒事，談一談。」

「是。」沈二哥的聲音低而好聽，自己聽著都入耳。說完了，似乎隨著來了個聲音「你抽抽」，他也覺出來自己是一點一點往裡縮呢。可是他不能改，特別是在司長面前。司長比他大得多，他得承認自己是「小不點」。況且司長這樣客氣呢，能給臉不兜著麼?

「你在衙門裡有十年了吧?」司長問，很親熱的。

「十多年了。」沈二哥不敢多帶感情，可是不由得有點驕傲，生命並沒白白過去，十多年了，老有差事作，穩當，熟習[6]，沒碰過釘子。

「還願往下作?」司長笑了。

沈二哥回答不出，覺得身子直往裡抽抽。他的心疼了一下。還願往下作?是的。但是，這麼下去能成個人物麼?他眞不敢問自己，舌頭木住了，全是空的，全是。

「你看，今天你找我去……我明白……你是這樣，我何嘗不是這樣。」司長思索了會兒。「咱們差不多。沒有想想看，你說的，對了。咱們都壞在想想看上。不是活著，是湊合。你打動了我。咱們都有這種時候，不過很少敢像你這麼直說出來的。咱們把心放在手上捧著。越活越抽抽。」司長的眼中露出眞的情感。

沈二哥的嘴中冒了水。「司長，對!咱們，我，一天一天的思索，只是爲『躲』，像蒼蠅。對誰，對任何事，想想看。精明，不吃虧。其實，其實……」他再找不到話，嗓子中堵住了點什麼。

「幾時咱們才能不想想看呢？」司長歎息著。

「幾時才能不想想看呢？」沈二哥重了一句，作爲回答。

「說眞的，當你說想想看的時候，你想什麼？」

「我？」沈二哥要落淚：「我只想把自己放在有墊子的地方，不碰屁股。可也有時候，什麼也不想，只是一種習慣，一種習慣。當我一說那三個字，我就覺得自己小了一些。可是我還得說，像小麻雀聽見聲兒必飛一下似的。我自己小起來，同時我管這種不舒服叫作壓迫。我疑心。事事是和我頂著牛。我抓不到什麼，只求別沉下去，像不會水的落在河裡。我——」

「像個沒病而怕要生病的，」司長接了過去。「什麼事都先從壞裡想，老微笑著從反面解釋人家的好話眞話。」他停了一會兒。「可是，不用多講過去的了，現在我們怎辦呢？」

「怎辦呢？」沈二哥隨著問，心裡發空。「我們得有勁兒，我認爲？」

「今天你在衙門裡總算有了勁兒，」司長又笑了笑，「但是，假如不是遇上我，你的勁兒有什麼結果呢？我明天要是對部長有勁兒一回，又怎樣呢？」

「事情大概就吹了！」

---

6 熟習：深刻掌握了訣竅，且施行起來極為純熟。

「沈二哥，假若在四川，或是青海，有個事情，需要兩個硬人，咱倆可以一同去，你去不去？」

「我想想看。」沈二哥不由得說出來了。司長哈哈的笑起來，可是他很快的止住了：「沈二哥，別臉紅！我也得這麼說，假如你問我的話。咱們完了。人家托咱們捎封信，帶點東西，咱們都得想想看。慣了。頭裹在被子裡咱們才睡得香呢。沈二哥，明天我替你辦加薪。」

「謝」堵住了沈二哥的喉。

——原載於一九三四年十一月《現代》第六卷第一期，後收錄於由老舍子女整理、一九八二年出版之《老舍小說全集》第十一卷，又稱《老舍小說集外集》

我這一輩子——中篇小說精彩選錄

一

我幼年讀過書，雖然不多，可是足夠讀七俠五義與三國志演義什麼的。我記得好幾段聊齋，到如今還能說得很齊全動聽，不但聽的人都誇獎我的記性好，連我自己也覺得應該高興。可是，我並念不懂聊齋的原文，那太深了；我所記得的幾段，都是由小報上的「評講聊齋」念來的——把原文變成白話，又添上些逗哏打趣，實在有個意思！

我的字寫得也不壞。拿我的字和老年間衙門裡的公文比一比，論個兒的勻適，墨色的光潤，與行列的齊整，我實在相信我可以作個很好的「筆帖式」。自然我不敢高攀，說我有寫奏摺的本領，可是眼前的通常公文是準保能寫到好處的。

憑我認字與寫的本事，我本該去當差。當差雖不見得一定能增光耀祖，但是至少也比作別的事更體面些。況且呢，差事不管大小，多少總有個升騰。我看見不止一位了，官職很大，可是那筆字還不如我的好呢，連句整話都說不出來。這樣的人既能作高官，我怎麼不能呢？

可是，當我十五歲的時候，家裡教我去學徒。五行八作，行行出狀元，學手藝原不是什麼低搭[1]的事；不過比較當差稍差點勁兒罷了。學手藝，一輩子逃不出手藝人去，即使能大發財源，也高不過大官兒不是？可是我並沒和家裡鬧彆扭，就去學徒了；十五歲的人，自然沒有多少主意。況且家裡老人還說，學滿了藝，能掙上錢，就給我說親事。在當時，我想像著結婚必是件有趣的事。那麼，吃上二三年的苦，而後大人似的去耍手藝掙錢，家裡再有個小媳婦，大概也很下得去了。

我學的是裱糊匠。在那太平年月，裱匠是不愁沒飯吃的。那時候，死一個人不像現在這麼省事。這可並不是說，老年間的人要翻來覆去的死好幾回，不乾脆的一下子斷了氣。我是說，那時候死人，喪家要拚命的花錢，一點不惜力氣與金錢的講排場。就拿與冥衣鋪有關係的事來說吧，就得花上老些個錢。人一斷氣，馬上就得去糊「倒頭車」——現在，連這個名詞兒也許有好多人不曉得了。緊跟著便是「接三」，必定有些燒活：車轎騾馬，墩箱靈人，引魂幡，靈花等等。要是害月子病死的，還必須另糊一頭牛，和一個雞罩。趕到「一七」念經，又得糊樓庫，金山銀山，尺頭元寶，四季衣服，四季花草，古玩陳設，各樣木器。及至出殯，紙亭紙架之外，還有許多燒活，至不濟也得弄一對「童兒」舉著。「五七」[2]燒傘，六十天糊船橋。一個死人到六十天後才和我們裱糊匠脫離關係，一年之中，死那麼十來個有錢的人，我們便有了吃喝。

裱糊匠並不專伺候死人，我們也伺候神仙。早年間的神仙不像如今晚兒的這樣寒磣，就拿關老爺說吧，早年間每到六月二十四，人們必給他糊黃幡寶蓋，馬童馬匹，和七星大旗什麼的。現在，幾乎沒有人再惦記著關公了！遇上鬧「天花」，我們又得爲娘娘們忙一陣。九位娘娘得糊九頂轎子，紅馬黃馬各一匹，九份鳳冠霞帔，還得預備痘哥哥痘姐姐們[3]的袍帶靴帽，和各樣執事。如

1 低搭：卑微、低賤之意。

2 倒頭車：人過世後，親屬焚燒紙錢，稱為燒「倒頭紙」，好為逝者的魂魄支付過路費、買路錢；接著燒紙糊的車、馬以供逝者乘坐，使其快些到達冥府（酆都）。

接三：人過世後第三天，親屬迎其魂魄歸來。燒活：指喪禮中，焚燒紙糊的車、馬、樓、庫等物品給逝者。一七：指頭七，民間習俗為，人過世後，親屬每隔七日奠祭一次，此為第一個七日。據稱，逝者到了這一天方知自己死去，其魂魄將返家哀哭。五七：指逝者過世後第三十五天。

3 九位娘娘、痘哥哥、痘姐姐：全是與痘疹、天花疫病有關的神明。中國各朝代宗教信仰發展到後來，佛、道儼然已成一家，各地廟宇往往佛道兩教的神明都供奉，甚至連遠古神話中的伏羲神農黃帝、民間故事中的藥聖藥王等神靈也同祀。顯然，對常民而言，能護佑自己周身一切所需的神明神靈，才更貼近自己的生活。

其中，又以道教系統中掌管生兒保健、平安育養的九位聖母娘娘特別受到人們奉祀：泰山娘娘（也稱碧霞元君，據說是西王母化身）、眼光娘娘、子孫娘娘、斑疹娘娘、送生娘娘、乳母娘娘、痘疹娘娘、催生娘娘與引蒙娘娘；其中，斑疹娘娘、痘疹娘娘尤其與天花疫病有關，清代晚期之後甚至出現了痘哥哥、痘姐姐或花姐姐等神仙。

今，醫院都施種牛痘，娘娘們無事可作，裱糊匠也就陪著她們閒起來了。此外還有許許多多的「還願」的事，都要糊點什麼東西，可是也都隨著破除迷信沒人再提了。年頭眞是變了啊！

除了伺候神與鬼外，我們這行自然也爲活人作些事。這叫作「白活」，就是給人家糊頂棚。早年間沒有洋房，每遇到搬家，娶媳婦，或別項喜事，總要把房間糊得四白落地，好顯出煥然一新的氣象。那大富之家，連春秋兩季糊窗子也雇用我們。人是一天窮似一天了，搬家不一定糊棚頂，而那些有錢的呢，房子改爲洋式的，棚頂抹灰，一勞永逸；窗子改成玻璃的，也用不著再糊上紙或紗。什麼都是洋式好，耍手藝的可就沒了飯吃。我們自己也不是不努力呀，洋車時行，我們就照樣糊洋車；汽車時行，我們就糊汽車，我們知道改良。可是有幾家死了人來糊一輛洋車或汽車呢？年頭一旦大改良起來，我們的小改良全算白饒[4]，水大漫不過鴨子去，有什麼法兒呢！

二

上面交代過了：我若是始終仗著那份兒手藝吃飯，恐怕就早已餓死了。不過，這點本事雖不能永遠有用，可是三年的學藝並非沒有很大的好處，這點好處教我一輩子享用不盡。我可以撂下傢伙，幹別的營生去；這點好處可是老跟著我。就是我死後，有人談到我的爲人如何，他們也必須要記得我少年曾學過三年徒。

學徒的意思是一半學手藝，一半學規矩。在初到鋪子去的時候，不論是誰也得害怕，鋪中的規矩就是委屈。當徒弟的得晚睡早起，得聽一切的指揮與使遣，得低三下四的伺候人，饑寒勞苦都得高高興興的受著，有眼淚往肚子裡咽。像我學藝的所在，鋪子也就是掌櫃的家；受了師傅的，還得受師母的，夾板兒氣！能挺過這麼三年，頂倔強的人也得軟了，頂軟和的人也得硬了；我簡直的可以這麼說，一個學徒的脾性不是天生帶來的，而是被板子打出來的；像打鐵一樣，要打什麼東西便成什麼東西。

在當時正挨打受氣的那一會兒，我眞想去尋死，那種氣簡直不是人所受得住的！但是，現在想起來，這種規矩與調教實在値金子。受過這種排練，天下便沒有什麼受不了的事啦。隨便提一樣吧，比方說教我去當兵，好哇，我可以作個滿好的兵。軍隊的操演有時有會兒，而學徒們是除了睡覺沒有任何休息時間的。我抓著工夫去出恭，一邊蹲著一邊就能打個盹兒，因爲遇上趕夜活的時候，我一天一夜只能睡上三四點鐘的覺。我能一口吞下去一頓飯，剛端起飯碗，不是師傅喊，就是師娘叫，要不然便是有照顧主兒來定活，我得恭而敬之的招待，並且細心聽著師傅怎樣論活討價錢。不把飯整吞下去怎辦呢？這種排練教我遇到什麼苦處都能硬挺，外帶著還是挺和氣。讀書的人，據我這粗人看，永遠不會懂得這個。現在的洋學堂裡開運動會，學生跑上兩個圈就彷彿有了汗馬功勞一般，喝！又是攙著，又是抱著，往大腿上拍火酒，還鬧脾氣，還坐汽車！這樣的公子哥兒

4白饒：徒勞、白費功夫。

哪懂得什麼叫作規矩，哪叫排練呢？話往回來說，我所受的苦處給我打下了作事任勞任怨的底子，我永遠不肯閒著，作起活來永不曉得鬧脾氣，耍彆扭，我能和大兵們一樣受苦，而大兵們不能像我這麼和氣。

再拿件實事來證明這個吧：在我學成出師以後，我和別的耍手藝的一樣，爲表明自己是憑本事掙錢的人，第一我先買了根煙袋，只要一閒著便撚上一袋吧唧著[5]，彷彿很有身分，慢慢的，我又學了喝酒，時常弄兩盅貓尿咂著嘴兒抿幾口。嗜好就怕開了頭，會了一樣就不難學第二樣，反正都是個玩藝吧咧。這可也就出了毛病。我愛煙愛酒，原本不算什麼稀奇的事，大傢伙兒都差不多是這樣。可是，我一來二去的學會了吃大煙。那個年月，鴉片煙不犯私，非常的便宜；我先是吸著玩，後來可就上了癮。不久，我便覺出手緊來了，作事也不似先前那麼上勁了。我並沒等誰勸告我，不但戒了大煙，而且把旱煙袋也撅[6]了，從此煙酒不動！我入了「理門」。入理門，煙酒都不准動；一旦破戒，必走背運。所以我不但戒了嗜好，而且入了理門；背運在那兒等著我，我怎肯再犯戒呢？這點心胸與硬氣，如今想起來，還是由學徒得來的。多大的苦處我都能忍受。初一戒煙戒酒，看著別人吸，別人飲，多麼難過呢！心裡眞像有一千條小蟲爬撓那麼癢癢觸觸的難過。但是我不能破戒，怕走背運。其實背運不背運的，都是日後的事，眼前的罪過可是不好受呀！硬挺，只有硬挺才能成功，怕走背運還在其次。我居然挺過來了，因爲我學過徒，受過排練呀！

提到我的手藝來，我也覺得學徒三年的光陰並沒白費了。凡是一門手藝，都得隨時改良，方法是死的，運用可是活的。三十年前的瓦匠，講究會磨磚對縫，作細工兒活；現在，他得會用洋灰和包鑲人造石什麼的。三十年前的木匠，講究會雕花刻木，現在得會造洋式木器。我們這行也如此，不過比別的行業更活動。我們這行講究看見什麼就能糊什麼。比方說，人家落了喪事，教我們糊一桌全席，我們就能糊出雞鴨魚肉來。趕上人家死了未出閣的姑娘，教我們糊一全份嫁妝，不管是四十八抬，還是三十二抬，我們便能由粉罐油瓶一直糊到衣櫥穿衣鏡。眼睛一看，手就能模仿下來，這是我們的本事。我們的本事不大，可是得有點聰明，一個心窟窿的人絕不會成個好裱糊匠。

這樣，我們作活，一邊工作也一邊遊戲，彷彿是。我們的成敗全仗著怎麼把各色的紙調動得合適，這是耍心路的事兒。以我自己說，我有點小聰明。在學徒時候所挨的打，很少是爲學不上活來，而多半是因爲我有聰明而好調皮不聽話。我的聰明也許一點也顯露不出來，假若我是去學打鐵，或是拉大鋸——老那麼打，老那麼拉，一點變動沒有。幸而我學了裱糊匠，把基本的技能學會了以後，我便開始自出花樣，怎麼靈巧逼眞我怎麼作。有時候我白費了許多工夫與材料，而作不出我所想到的東西，可是這更教我加緊的去揣摸，去調動，非把它作成下可。這個，眞是個好習慣。

5煙袋：也稱煙筒，為吸食旱煙或水煙的用具，吸食的人會在裡頭放置菸絲。吧唧：雙唇開合發出聲音來，借指吸菸。

6撅：丟棄、扔掉。

有聰明，而且知道用聰明，我必須感謝這三年的學徒，在這三年養成了我會用自己的聰明的習慣。誠然，我一輩子沒作過大事，但是無論什麼事，只要是平常人能作的，我一瞧就能明白個五六成。我會砌牆，栽樹，修理鐘錶，看皮貨的眞假，合婚擇日，知道五行八作的行話上訣竅……這些，我都沒學過，只憑我的眼去看，我的手去試驗；我有勤苦耐勞與多看多學的習慣；這個習慣是在冥衣鋪學徒三年養成的。到如今我才明白過來——我已是快餓死的人了！——假若我多讀上幾年書，只抱著書本死啃，像那些秀才與學堂畢業的人們那樣，我也許一輩子就糊糊塗塗的下去，而什麼也不曉得呢！裱糊的手藝沒有給我帶來官職和財產，可是它讓我活得很有趣；窮，但是有趣，有點人味兒。

剛二十多歲，我就成爲親友中的重要人物了。不因爲我有錢與身分，而是因爲我辦事細心，不辭勞苦。自從出了師，我每天在街口的茶館裡等著同行的來約請幫忙。我成了街面上的人，年輕，俐落，懂得場面。有人來約，我便去作活；沒人來約，我也閒不住：親友家許許多多的事都托咐我給辦，我甚至於剛結過婚便給別人家作媒了。

給別人幫忙就等於消遣。我需要一些消遣。爲什麼呢？前面我已說過：我們這行有兩種活，燒活和白活。作燒活是有趣而乾淨的，白活可就不然了。糊頂棚自然得先把舊紙撕下來，這可眞夠受的，沒作過的人萬也想不到頂棚上會能有那麼多塵土，而且是日積月累攢下來的，比什麼土都乾，細，鑽鼻子，撕完三間屋子的棚，我們就都成了土鬼。及至紮好了秫秸[7]，糊新紙的時候，新銀花紙的面子是又臭又掛鼻子。塵土與紙面子就能教人得癆病——現在叫作肺病。我不喜歡這種活兒。可是，在街上等工作，有人來約就不能拒絕，有什麼活得幹什麼活。應下這種活兒，我差不多老在下邊裁紙遞紙抹漿糊，爲的是可以不必上「交手」，而且可以低著頭幹活兒，少吃點土。就是這樣，我也得弄一身灰，我的鼻子也得像煙筒。作完這麼幾天活，我願意作點別的，變換變換。那麼，有親友托我辦點什麼，我是很樂意幫忙的。

再說呢，作燒活吧，作白活吧，這種工作老與人們的喜事或喪事有關係。熟人們找我定活，也往往就手兒托我去講別項的事，如婚喪事的搭棚，講執事，雇廚子，定車馬等等。我在這些事兒中漸漸找出樂趣，曉得如何能捏住巧處，給親友們既辦得漂亮，又省些錢，不能窩窩囊囊的被人捉了「大頭」。我在辦這些事兒的時候，得到許多經驗，明白了許多人情，久而久之，我成了個很精明的人，雖然還不到三十歲。

三

由前面所說過的去推測，誰也能看出來，我不能老靠著裱糊的手藝掙飯吃。像逛廟會忽然遇上雨似的，年頭一變，大家就得往四散裡跑。在我這一輩子裡，我彷彿是走著下坡路，收不住腳。

7 秫秸：讀作「淑十街的輕聲」，高粱的桿，用作糊紙、紮紙時的骨架。

心裡越盼著天下太平，身子越往下出溜。這次的變動，不使人緩氣，一變好像就要變到底。這簡直不是變動，而是一陣狂風，把人糊糊塗塗的颳得不知上哪裡去了。在我小時候發財的行當與事情，許多許多都忽然走到絕處，永遠不再見面，彷彿掉在了大海裡頭似的。裱糊這一行雖然到如今還陰死巴活的始終沒完全斷了氣，可是大概也不會再有抬頭的一日了。我老早的就看出這個來。在那太平的年月，假若我願意的話，我滿可以開個小鋪，收兩個徒弟，安安頓頓的混兩頓飯吃。幸而我沒那麼辦。一年得不到一筆大活，只仗著糊一輛車或兩間屋子的頂棚什麼的，怎能吃飯呢？睜開眼看看，這十幾年了，可有過一筆體面的活？我得改行，我算是猜對了。

不過，這還不是我忽然改了行的唯一的原因。年頭兒的改變不是個人所能抵抗的，胳臂扭不過大腿去，跟年頭兒較死勁簡直是自己找彆扭。可是，個人獨有的事往往來得更厲害，它能馬上教人瘋了。去投河覓井都不算新奇，不用說把自己的行業放下，而去幹些別的了。個人的事雖然很小，可是一加在個人身上便受不住；一個米粒很小，教螞蟻去搬運便很費力氣。個人的事也是如此。人活著是仗了一口氣，多喒[8]有點事兒，把這些氣憋住，人就要抽風。人是多麼小的玩藝兒呢！

我的精明與和氣給我帶來背運。乍一聽這句話彷彿是不合情理，可是千眞萬確，一點兒不假，假若這要不落在我自己身上，我也許不大相信天下會有這宗事。它竟自找到了我；在當時，我差不多眞成了個瘋子。隔了這麼二三十年，現在想起那回事兒來，我滿可以微微一笑，彷彿想起一個故事來似的。現在我明白了個人的好處不必一定就有利於自己。一個人好，大家都好，這點好處才有用，正是如魚得水。一個人好，而大家並不都好，個人的好處也許就是讓他倒楣的禍根。精明和氣有什麼用呢！現在，我悟過這點理兒來，想起那件事不過點點頭，笑一笑罷了。在當時，我可眞有點咽不下去那口氣。那時候我還很年輕啊。

哪個年輕的人不愛漂亮呢？在我年輕的時候，給人家行人情或辦點事，我的打扮與氣派誰也不敢說我是個手藝人。在早年間，皮貨很貴，而且不准亂穿。如今晚的人，今天得了馬票或獎券，明天就可以穿上狐皮大衣，不管是個十五歲的孩子還是二十歲還沒刮過臉的小夥子。早年間可不行，年紀身分決定個人的服裝打扮。那年月，在馬褂或坎肩上安上一條灰鼠領子就彷彿是很漂亮闊氣。我老安著這麼條領子，馬褂與坎肩都是青大緞的——那時候的緞子也不怎麼那樣結實，一件馬褂至少也可以穿上十來年。在給人家糊棚頂的時候，我是個土鬼；回到家中一梳洗打扮，我立刻變成個漂亮小夥子。我不喜歡那個土鬼，所以更愛這個漂亮的青年。我的辮子又黑又長，腦門剃得鋥光青亮，穿上帶灰鼠領子的緞子坎肩，我的確像個「人兒」！

一個漂亮小夥子所最怕的恐怕就是娶個醜八怪似的老婆吧。我早已有意無意的向老人們透了個口話：不娶倒沒什麼，要娶就得來個夠樣兒的。那時候，自然還不時行自由婚，可是已有男女兩造

8多喒：喒，即「咱」，指「我」。多喒，在此為方言，與「咱」無涉，是「早晚」兩個字的合音，為任何時候之意。

對相對看的辦法。要結婚的話，我得自己去相看，不能馬馬虎虎就憑媒人的花言巧語。

二十歲那年，我結了婚，我的妻比我小一歲。把她放在哪裡，她也得算個俏式俐落的小媳婦；在訂婚以前，我親眼相看的呀。她美不美，我不敢說，我說她俏式俐落，因爲這四個字就是我擇妻的標準；她要是不夠這四個字的格兒，當初我絕不會點頭。在這四個字裡很可以見出我自己是怎樣的人來。那時候，我年輕，漂亮，作事麻利，所以我一定不能要個笨牛似的老婆。

這個婚姻不能說不是天配良緣。我倆都年輕，都俐落，都個子不高；在親友面前，我們像一對輕巧的陀螺似的，四面八方的轉動，招得那年歲大些的人們眼中要笑出一朵花來。我倆競爭著去在大家面前顯出個人的機警與口才，到處爭強好勝，只爲教人誇獎一聲我們是一對最有出息的小夫婦。別人的誇獎增高了我倆彼此間的敬愛，頗有點英雄惜英雄，好漢愛好漢的勁兒。

我很快樂，說實話：我的老人沒掙下什麼財產，可是有一所兒房。我住著不用花租金的房子，院中有不少的樹木，簷前掛著一對黃鳥。我呢，有手藝，有人緣，有個可心的年輕女人。不快樂不是自找彆扭嗎？

對於我的妻，我簡直找不出什麼毛病來。不錯，有時候我覺得她有點太野；可是哪個俐落的小媳婦不爽快呢？她愛說話，因爲她會說；她不大躲避男人，因爲這正是作媳婦所應享的利益，特別是剛出嫁而有些本事的小媳婦，她自然願意把作姑娘時的靦腆收起一些，而大大方方的自居爲「媳婦」。這點實在不能算作毛病。況且，她見了長輩又是那麼親熱體貼，殷勤的伺候，那麼她對年輕一點的人隨便一些也正是理之當然；她是爽快大方，所以對於年老的正像對於年少的，都願表示出親熱周到來。我沒因爲她爽快而責備她過。

她有了孕，作了母親，她更好看了，也更大方了——我簡直的不忍再用那個「野」字！世界上還有比懷孕的少婦更可憐，年輕的母親更可愛的嗎？看她坐在門檻上，露著點胸，給小娃娃奶吃，我只能更愛她，而想不起責備她太不規矩。

到了二十四歲，我已有一兒一女。對於生兒養女，作丈夫的有什麼功勞呢！趕上高興，男子把娃娃抱起來，耍巴一回；其餘的苦處全是女人的。我不是個糊塗人，不必等誰告訴我才能明白這個。眞的，生小孩，養育小孩，男人有時候想去幫忙也歸無用；不過，一個懂得點人事的人，自然該使作妻的痛快一些，自由一些；欺侮孕婦或一個年輕的母親，據我看，才眞是混蛋呢！對於我的妻，自從有了小孩之後，我更放任了些；我認爲這是當然的合理的。

再一說呢，夫婦是樹，兒女是花；有了花的樹才能顯出根兒深。一切猜忌，不放心，都應該減少，或者完全消滅；小孩子會把母親拴得結結實實的。所以，即使我覺得她有點野——眞不願用這個臭字——我也不能不放心了，她是個母親呀。

四

直到如今，我還是不能明白那到底是怎麼一回事。

我所不能明白的事也就是當時教我差點兒瘋了的事，我的妻跟人家跑了。

我再說一遍，到如今我還不能明白那到底是怎回事。我不是個固執的人，因爲我久在街面上，懂得人情，知道怎樣找出自己的長處與短處。但是，對於這件事，我把自己的短處都找遍了，也找不出應當受這種恥辱與懲罰的地方來。所以，我只能說我的聰明與和氣給我帶來禍患，因爲我實在找不出別的道理來。

我有位師哥，這位師哥也就是我的仇人。街口上，人們都管他叫作黑子，我也就還這麼叫他吧；不便道出他的眞名實姓來，雖然他是我的仇人。「黑子」，由於他的臉不白；不但不白，而且黑得特別，所以才有這個外號。他的臉眞像個早年間人們揉的鐵球，黑，可是非常的亮；黑，可是光潤；黑，可是油光水滑的可愛。當他喝下兩盅酒，或發熱的時候，臉上紅起來，就好像落太陽時的一些黑雲，黑裡透出一些紅光。至於他的五官，簡直沒有什麼好看的地方，我比他漂亮多了。他的身量很高，可也不見得怎麼魁梧，高大而懈懈鬆鬆的。他所以不至教人討厭他，總而言之，都仗著那一張發亮的黑臉。

我跟他是很好的朋友。他既是我的師哥，又那麼傻太黑粗的，即使我不喜愛他，我也不能無緣無故的懷疑他。我的那點聰明不是給我預備著去猜疑人的；反之，我知道我的眼睛裡不容砂子，所以我因信任自己而信任別人。我以爲我的朋友都不至於偷偷的對我掏壞招數。一旦我認定誰是個可交的人，我便眞拿他當個朋友看待。對於我這個師哥，即使他有可猜疑的地方，我也得敬重他，招待他，因爲無論怎樣，他到底是我的師哥呀。同是一門兒學出來的手藝，又同在一個街口上混飯吃，有活沒活，一天至少也得見幾面；對這麼熟的人，我怎能不拿他當作個好朋友呢？有活，我們一同去作活；沒活，他總是到我家來吃飯喝茶，有時候也摸幾把索兒胡玩——那時候「麻將」還不十分時興。我和藹，他也不客氣；遇到什麼就吃什麼，遇到什麼就喝什麼，我一向不特別爲他預備什麼，他也永遠不挑剔。他吃得很多，可是不懂得挑食。看他端著大碗，跟著我們吃熱湯兒麵什麼的，眞是個痛快的事。他吃得四脖子汗流，嘴裡西啦呼嚕的響，臉上越來越紅，慢慢的成了個半紅的大煤球似的；誰能說這樣的人能存著什麼壞心眼兒呢！

一來二去，我由大家的眼神看出來天下並不很太平。可是，我並沒有怎麼往心裡擱這回事。假若我是個糊塗人，只有一個心眼，大概對這種事不會不聽見風就是雨，馬上鬧個天昏地暗，也許立刻把事情弄個水落石出，也許是望風捕影而弄一鼻子灰。我的心眼多，絕不肯這麼糊塗瞎鬧，我得平心靜氣的想一想。

先想我自己，想不出我有什麼不對的地方來，即使我有許多毛病，反正至少我比師哥漂亮，聰明，更像個人兒。

再看師哥吧，他的長相，行爲，財力，都不能教他爲非作歹，他不是那種一見面就教女人動心的人。

最後，我詳詳細細的爲我的年輕的妻子想一想：她跟了我已經四五年，我倆在一處不算不快樂。即使她的快樂是假裝的，而願意去跟個她眞喜愛的人——這在早年間幾乎是不能有的——大概黑子也絕不會是這個人吧？他跟我都是手藝人，他的身分一點不比我高。同樣，他不比我闊，不比我漂亮，不比我年輕；那麼，她貪圖的是什麼呢？想不出。就滿打說她是受了他的引誘而迷了心，可是他用什麼引誘她呢，是那張黑臉，那點本事，那身衣裳，腰裡那幾吊錢？笑話！哼，我要是有意的話嗎，我倒滿可以去引誘引誘女人；雖然錢不多，至少我有個樣子。黑子有什麼呢？再說，就是說她一時迷了心竅，分別不出好歹來，難道她就肯捨得那兩個小孩嗎？

我不能信大家的話，不能立時疏遠了黑子，也不能傻子似的去盤問她。我全想過了，一點縫子沒有，我只能慢慢的等著大家明白過來他們是多慮。即使他們不是憑空造謠，我也得慢慢的察看，不能無緣無故的把自己，把朋友，把妻子，都捲在黑土裡邊。有點聰明的人作事不能魯莽。

可是，不久，黑子和我的妻子都不見了。直到如今，我沒再見過他倆。爲什麼她肯這麼辦呢？我非見著她，由她自己吐出實話，我不會明白。我自己的思想永遠不夠對付這件事的。

我眞盼望能再見她一面，專爲明白明白這件事。到如今我還是在個葫蘆裡。

當時我怎樣難過，用不著我自己細說。誰也能想到，一個年輕漂亮的人，守著兩個沒了媽的小孩，在家裡是怎樣的難過；一個聰明規矩的人，最親愛的妻子跟師哥跑了，在街面上是怎麼難堪。同情我的人，有話說不出，不認識我的人，聽到這件事，總不會責備我的師哥，而一直的管我叫「王八」。在咱們這講孝悌忠信的社會裡，人們很喜歡有個王八，好教大家有放手指頭的準頭。我的口閉上，我的牙咬住，我心中只有他們倆的影兒和一片血。不用教我見著他們，見著就是一刀，別的無須乎再說了。

在當時，我只想拚上這條命，才覺得有點人味兒。現在，事情過去這麼多年了。我可以細細的想這件事在我這一輩子裡的作用了。

我的嘴並沒閒著，到處我打聽黑子的消息。沒用，他倆眞像石沉大海一般，打聽不著確實的消息，慢慢的我的怒氣消散了一些；說也奇怪，怒氣一消，我反倒可憐我的妻子。黑子不過是個手藝人，而這種手藝只能在京津一帶大城裡找到飯吃，鄉間是不需要講究的燒活的。那麼，假若他倆是逃到遠處去，他拿什麼養活她呢？哼，假若他肯偷好朋友的妻子，難道他就不會把她賣掉嗎？這個恐懼時常在我心中繞來繞去。我眞希望她忽然逃回來，告訴我她怎樣上了當，受了苦處；假若她眞跪在我的面前，我想我不會不收下她的，一個心愛的女人，永遠是心愛的，不管她作了什麼錯事。她沒有回來，沒有消息，我恨她一會兒，又可憐她一會兒，胡思亂想，我有時候整夜的不能睡。

過了一年多，我的這種亂想又輕淡了許多。是的，我這一輩子也不能忘了她，可是我不再爲她思索什麼了。我承認了這是一段千眞萬確的事實，不必爲它多費心思了。

我到底怎樣了呢？這倒是我所要說的，因爲這件我永遠猜不透的事在我這一輩子裡實在是件極大的事。這件事好像是在夢中丟失了我最親愛的人，一睜眼，她眞的跑得無影無蹤了。這個夢沒法兒明白，可是它的眞確勁兒是誰也受不了的。作過這麼個夢的人，就是沒有成瘋子，也得大大的改變；他是丟失了半個命呀！

五

最初，我連屋門也不肯出，我怕見那個又明又暖的太陽。

頂難堪的是頭一次上街：抬著頭大大方方的走吧，準有人說我天生來的不知羞恥。低著頭走，便是自己招認了脊背發軟。怎麼著也不對。我可是問心無愧，沒作過一點對不起人的事。

我破了戒，又吸煙喝酒了。什麼背運不背運的，有什麼再比丟了老婆更倒楣的呢？我不求人家可憐我，也犯不上成心對誰耍刺兒，我獨自吸煙喝酒，把委屈放在心裡好了。再沒有比不測的禍患更能掃除了迷信的；以前，我對什麼神仙都不敢得罪；現在，我什麼也不信，連活佛也不信了。迷信，我咂摸[9]出來，是盼望得點意外的好處；趕到遇上意外的難處，你就什麼也不盼望，自然也不迷信了。我把財神和灶王的龕——我親手糊的——都燒了。親友中很有些人說我成了二毛子[10]的。什麼二毛子三毛子的，我再不給誰磕頭。人若是不可靠，神仙就更沒準兒了。

我並沒變成憂鬱的人。這種事本來是可以把人愁死的，可是我沒往死牛犄角裡鑽。我原是個活潑的人，好吧，我要打算活下去，就得別丟了我的活潑勁兒。不錯，意外的大禍往往能忽然把一個人的習慣與脾氣改變了；可是我決定要保持住我的活潑。我吸煙，喝酒，不再信神佛，不過都是些使我活潑的方法。不管我是眞樂還是假樂，我樂！在我學藝的時候，我就會這一招，經過這次的變動，我更必須這樣了。現在，我已快餓死了，我還是笑著，連我自己也說不清這是眞的還是假的笑，反正我笑，多喒死了多喒我並上嘴。從那件事發生了以後，直到如今，我始終還是個有用的人，熱心的人，可是我心中有了個空兒。這個空兒是那件不幸的事給我留下的，像牆上中了槍彈，老有個小窟窿似的。我有用，我熱心，我愛給人家幫忙，但是不幸而事情沒辦到好處，或者想不到的扎手，我不著急，也不動氣，因爲我心中有個空兒。這個空兒會教我在極熱心的時候冷靜，極歡喜的時候有點悲哀，我的笑常常和淚碰在一處，而分不清哪個是哪個。

這些，都是我心裡頭的變動，我自己要是不說——自然連我自己也說不大完全——大概別人無從猜到。在我的生活上，也有了變動，這是人人能看到的。我改了行，不再當裱糊匠，我沒臉再上街口去等生意，同行的人，認識我的，也必認識黑子；他們只須多看我幾眼，我就沒法再咽下飯去。在那報紙還不大時行的年月，人們的眼睛是比新聞還要厲害的。現在，離婚都可以上衙門去明說明講，早年間男女的事兒可不能這麼隨便。我把同行中的朋友全放下了，連我的師傅師母都懶得去看，我彷彿是要由這個世界一腳跳到另一個世界去。這樣，我覺得我才能獨自把那樁事關在心

9 咂摸：思考、思索之意。

10 二毛子：清代中葉出現了排外的「扶清滅洋」義和團會黨，當時，他們稱來划傳教的西方人是大毛子，稱信仰基督教的中國人是二毛子。

裡頭。年頭的改變教裱糊匠們的活路越來越狹，但是要不是那回事，我也不會改行改得這麼乾脆。放棄了手藝，沒什麼可惜；可是這麼放棄了手藝，我也不會感謝「那」回事兒！不管怎說吧，我改了行，這是個顯然的變動。

決定扔下手藝可不就是我準知道應該幹什麼去。我得去亂碰，像一隻空船浮在水面上，浪頭是它的指南針。在前面我已經說過，我認識字，還能抄抄寫寫，很夠當個小差事的。再說呢，當差是個體面的事，我這丟了老婆的人若能當上差，不用說那必能把我的名譽恢復了一些。現在想起來，這個想法眞有點可笑；在當時我可是誠心的相信這是最高明的辦法。「八」字還沒有一撇兒，我覺得很高興，彷彿我已經很有把握，既得到差事，又能恢復了名譽。我的頭又抬得很高了。

哼！手藝是三年可以學成的；差事，也許要三十年才能得上吧！一個釘子跟著一個釘子，都預備著給我碰呢！我說我識字，哼！敢情有好些個能整本背書的人還挨餓呢。我說我會寫字，敢情會寫字的絕不算出奇呢。我把自己看得太高了。可是，我又親眼看見，那作著很大的官兒的，一天到晚山珍海味的吃著，連自己的姓都不大認得。那麼，是不是我的學問又太大了，而超過了作官所需要的呢？我這個聰明人也沒法兒不顯著糊塗了。

慢慢的，我明白過來。原來差事不是給本事預備著的，想做官第一得有人。這簡直沒了我的事，不管我有多麼大的本事。我自己是個手藝人，所認識的也是手藝人；我爸爸呢，又是個白丁，雖然是很有本事與品行的白丁。我上哪裡去找差事當呢？

事情要是逼著一個人走上哪條道兒，他就非去不可，就像火車一樣，軌道已擺好，照著走就是了，一出花樣準得翻車！我也是如此。決定扔下了手藝，而得不到個差事，我又不能老這麼閒著。好啦，我的面前已擺好了鐵軌，只准上前，不許退後。

我當了巡警。

巡警和洋車是大城裡頭給苦人們安好的兩條火車道。大字不識而什麼手藝也沒有的，只好去拉車。拉車不用什麼本錢，肯出汗就能吃窩窩頭。識幾個字而好體面的，有手藝而掙不上飯的，只好去當巡警；別的先不提，挑巡警用不著多大的人情，而且一挑上先有身制服穿著，六塊錢拿著；好歹是個差事。除了這條道，我簡直無路可走。我既沒混到必須拉車去的地步，又沒有作高官的舅舅或姐丈，巡警正好不高不低，只要我肯，就能穿上一身銅鈕子的制服。當兵比當巡警有起色，即使熬不上軍官，至少能有搶劫些東西的機會。可是，我不能去當兵，我家中還有兩個沒娘的小孩呀。當兵要野，當巡警要文明；換句話說，當兵有發邪財的機會，當巡警是窮而文明一輩子；窮得要命，文明得稀鬆！

以後這五六十年的經驗，我敢說這麼一句：眞會辦事的人，到時候才說話，愛張羅辦事的人——像我自己——沒話也找話說。我的嘴老不肯閒著，對什麼事我都有一片說詞，對什麼人我都想很恰當的給起個外號。我受了報應：第一件事，我丟了老婆，把我的嘴封起來一二年！第二件是我當了巡警。在我還沒當上這個差事的時候，我管巡警們叫作「馬路行走」，「避風閣大學士」和

「臭腳巡」。這些無非都是說巡警們的差事只是站馬路，無事忙，跑臭腳。哼！我自己當上「臭腳巡」了！生命簡直就是自己和自己開玩笑，一點不假！我自己打了自己的嘴巴，可並不因爲我作了什麼缺德的事；至多也不過愛多說幾句玩笑話罷了。在這裡，我認識了生命的嚴肅，連句玩笑話都說不得的！好在，我心中有個空兒；我怎麼叫別人「臭腳巡」，也照樣叫自己。這在早年間叫作「抹稀泥」，現在的新名詞應叫著什麼，我還沒能打聽出來。

我沒法不去當巡警，可是眞覺得有點委屈。是呀，我沒有什麼出眾的本事，但是論街面上的事，我敢說我比誰知道的也不少。巡警不是管街面上的事情嗎？那麼，請看看那些警官兒吧：有的連本地的話都說不上來，二加二是四還是五都得想半天。哼！他是官，我可是「招募警」；他的一雙皮鞋夠開我半年的餉！他什麼經驗與本事也沒有，可是他作官。這樣的官兒多了去啦！上哪兒講理去呢？記得有位教官，頭一天教我們操法的時候，忘了叫「立正」，而叫了「鬧住」。用不著打聽，這位大爺一定是拉洋車出身。有人情就行，今天你拉車，明天你姑父作了什麼官兒，你就可以弄個教官當當；叫「鬧住」也沒關係，誰敢笑教官一聲呢！這樣的自然是不多，可是有這麼一位教官，也就可以教人想到巡警的操法是怎麼稀鬆二五眼了。內堂的功課自然絕不是這樣教官所能擔任的，因爲至少得認識些個字才能「虎」得下來。我們的內堂的教官大概可以分爲兩種：一種是老人兒們，多數都有口鴉片煙癮；他們要是能講明白一樣東西，就憑他們那點人情，大概早就作上大官兒了；唯其什麼也講不明白，所以才來作教官。另一種是年輕的小夥子們，講的都是洋事，什麼東洋巡警怎麼樣，什麼法國違警律如何，彷彿我們都是洋鬼子。這種講法有個好處，就是他們信口開河瞎扯，我們一邊打盹一邊聽著，誰也不準知道東洋和法國是什麼樣兒，可不就隨他的便說吧。我滿可以編一套美國的事講給大家聽，可惜我不是教官罷了。這群年輕的小人們眞懂外國事兒不懂，無從知道；反正我準知道他們一點中國事兒也不曉得。這兩種教官的年紀上學問上都不同，可是他們有個相同的地方，就是他們都高不成低不就，所以對對付付的只能作教官。他們的人情眞不小，可是本事太差，所以來教一群爲六塊洋錢而一聲不敢出的巡警就最合適。

教官如此，別的警官也差不多是這樣。想想：誰要是能去作一任知縣或稅局局長，誰肯來作警官呢？前面我已交代過了，當巡警是高不成低不就，不得已而爲之。警官也是這樣。這群人由上至下全是「狗熊耍扁擔，混碗兒飯吃」。不過呢，巡警一天到晚在街面上，不論怎樣抹稀泥，多少得能說會道，見機而作，把大事化小，小事化無；既不多給官面上惹麻煩，又讓大家都過得去；眞的吧假的吧，這總得算點本事。而作警官的呢，就連這點本事似乎也不必有。閻王好作，小鬼難當，誠然！

11 二五眼：指對事物不求甚解、只模稜兩可的知道的人，顯得樣樣通，樣樣鬆。

六

我再多說幾句，或者就沒人再說我太狂傲無知了。我說我覺得委屈，眞是實話；請看吧：一月掙六塊錢，這跟當僕人的一樣，而沒有僕人們那些「外找兒」；死掙六塊錢，就憑這麼個大人——腰板挺直，樣子漂亮，年輕力壯，能說會道，還得識文斷字！這一大堆資格，一共值六塊錢！

六塊錢餉糧，扣去三塊半錢的伙食，還得扣去什麼人情公議兒，淨剩也就是兩塊上下錢吧。衣服自然是可以穿官發的，可是到休息的時候，誰肯還穿著制服回家呢；那麼，不作不作也得有件大褂什麼的。要是把錢作了大褂，一個月就算白混。再說，誰沒有家呢？父母——嘔，先別提父母吧！就說一夫一妻吧：至少得賃一間房，得有老婆的吃，喝，穿。就憑那兩塊大洋！誰也不許生病，不許生小孩，不許吸煙，不許吃點零碎東西；連這麼著，月月還不夠嚼穀！

我就不明白為什麼肯有人把姑娘嫁給當巡警的，雖然我常給同事的做媒。當我一到女家提說的時候，人家總對我一撇嘴，雖不明說，但是意思很明顯，「哼！當巡警的！」可是我不怕這一撇嘴，因為十回倒有九回是撇完嘴而點了頭。難道是世界上的姑娘太多了嗎？我不知道。

由哪面兒看，巡警都活該是鼓著腮幫子充胖子而教人哭不得笑不得的。穿起制服來，乾淨俐落，又體面又威風，車馬行人，打架吵嘴，都由他管著。他這是差事；可是他一月除了吃飯，淨剩兩塊來錢。他自己也知道中氣不足，可是不能不硬挺著腰板，到時候他得娶妻生子，還是仗著那兩塊來錢。提婚的時候，頭一句是說：「小人呀當差！」當差的底下還有什麼呢？沒人願意細問，一問就糟到底。

是的，巡警們都知道自己怎樣的委屈，可是風裡雨裡他得去巡街下夜，一點懶兒不敢偷；一偷懶就有被開除的危險；他委屈，可不敢抱怨，他勞苦，可不敢偷閒，他知道自己在這裡混不出來什麼，而不敢冒險擱下差事。這點差事扔了可惜，作著又沒勁；這些人也就人兒似的先混過一天是一天，在沒勁中要露出勁兒來，像打太極拳似的。

世上爲什麼應當有這種差事，和爲什麼有這樣多肯作這種差事的人？我想不出來。假若下輩子我再托生爲人，而且忘了喝迷魂湯，還記得這一輩子的事，我必定要扯著脖子去喊：這玩藝兒整個的是丟人，是欺騙，是殺人不流血！現在，我老了，快餓死了，連喊這麼幾句也顧不及了，我還得先爲下頓的窩窩頭著忙呀！

自然在我初當差的時候，我並沒有一下子就把這些都看清楚了，誰也沒有那麼聰明。反之，一上手當差我倒覺出點高興來：穿上整齊的制服，靴帽，的確我是漂亮精神，而且心裡說：好吧歹吧，這是個差事；憑我的聰明與本事，不久我必有個升騰。我很留神看巡長巡官們制服上的銅星與金道，而想像著我將來也能那樣。我一點也沒想到那銅星與金道並不按著聰明與本事頒給人們呀。

新鮮勁兒剛一過去，我已經討厭那身制服了。它不教任何人尊敬，而只能告訴人：「臭腳巡」來了！拿制服的本身說，它也很討厭：夏天它就像牛皮似的，把人悶得滿身臭汗；冬天呢，它一點也不像牛皮了，而倒像是紙糊的；它不許誰在裡邊多穿一點衣服，只好任著狂風由胸口鑽進來，由脊背鑽出去，整打個穿堂！再看那雙皮鞋，冬冷夏熱，永遠不教腳舒服一會兒；穿單襪的時候，它好像是兩大簍子似的，腳指腳踵都在裡邊亂抓弄，而始終我不到鞋在哪裡；到穿棉襪的時候，它們忽然變得很緊，不許棉襪與腳一齊伸進去。有多少人因包辦制服皮鞋而發了財，我不知道，我只知道我的腳永遠爛著，夏天鬧濕氣，冬天鬧凍瘡。自然，爛腳也得照常的去巡街站崗，要不然就別掙那六塊洋錢！多麼熱，或多麼冷，別人都可以找地方去躲一躲，連洋車夫都可以自由的歇半天，巡警得去巡街，得去站崗，熱死凍死都活該，那六塊現大洋買著你的命呢！

記得在哪兒看見過這麼一句：食不飽，力不足。不管這句在原地方講的是什麼吧，反正拿來形容巡警是沒有多大錯兒的。最可憐，又可笑的是我們既吃不飽，還得挺著勁兒，站在街上得像個樣子！要飯的花子有時不餓也彎著腰，假充餓了三天三夜；反之，巡警卻不飽也得鼓起肚皮，假裝剛吃完三大碗雞絲麵似的。花子裝餓倒有點道理，我可就是想不出巡警假裝酒足飯飽有什麼理由來，我只覺得這眞可笑。

人們都不滿意巡警的對付事，抹稀泥。哼！抹稀泥自有它的理由。不過，在細說這個道理之前，我願先說件極可怕的事。有了這件可怕的事，我再反回頭來細說那些理由，彷彿就更順當，更生動。好！就這樣辦啦。

七

應當有月亮，可是教黑雲給遮住了，處處都很黑。我正在個僻靜的地方巡夜。我的鞋上釘著鐵掌，那時候每個巡警又須帶著一把東洋刀，四下裡鴉雀無聲，聽著我自己的鐵掌與佩刀的聲響，我感到寂寞無聊，而且幾乎有點害怕。眼前忽然跑過一隻貓，或忽然聽見一聲鳥叫，都教我覺得不是味兒，勉強著挺起胸來，可是心中總空空虛虛的，彷彿將有些什麼不幸的事情在前面等著我。不完全是害怕，又不完全氣粗膽壯，就那麼怪不得勁的，手心上出了點涼汗。平日，我很有點膽量，什麼看守死屍，什麼獨自看管一所髒房，都算不了一回事。不知爲什麼這一晚上我這樣膽虛，心裡越要恥笑自己，便越覺得不定哪裡藏著點危險。我不便放快了腳步，可是心中急切的希望快回去，回到那有燈光與朋友的地方去。忽然，我聽見一排槍！我立定了，膽子反倒壯起來一點；眞正的危險似乎倒可以治好了膽虛，驚疑不定才是恐懼的根源，我聽著，像夜行的馬豎起耳朵那樣。又一排槍，又一排槍！沒聲了，我等著，聽著，靜寂得難堪。像看見閃電而等著雷聲那樣，我的心跳得很快。拍，拍，拍，拍，四面八方都響起來了！

我的膽氣又漸漸的往下低落了。一排槍，我壯起氣來；槍聲太多了，眞遇到危險了；我是個人，人怕死；我忽然的跑起來，跑了幾步，猛的又立住，聽一聽，槍聲越來越密，看不見什麼，四下漆黑，只有槍聲，不知爲什麼，不知在哪裡，黑暗裡只有我一個人，聽著遠處的槍響。往哪裡跑？到底是什麼事？應當想一想，又顧不得想；膽大也沒用，沒有主意就不會有膽量。還是跑吧，糊塗的亂動，總比呆立哆嗦著強。我跑，狂跑，手緊緊的握住佩刀。像受了驚的貓狗，不必想也知道往家裡跑。我已忘了我是巡警，我得先回家看看我那沒娘的孩子去，要是死就死在一處！

要跑到家，我得穿過好幾條大街。剛到了頭一條大街，我就曉得不容易再跑了。街上黑黑忽忽的人影，跑得很快，隨跑隨著放槍。兵！我知道那是些辮子兵。而我才剛剪了髮不多日子。我很後悔我沒像別人那樣把頭髮盤起來，而是連根兒爛真正剪去了辮子。假若我能馬上放下辮子來，雖然這些兵們平素很討厭巡警，可是因為我有辮子或者不至於把槍口衝著我來。在他們眼中，沒有辮子便是二毛子，該殺。我沒有了這麼條寶貝！我不敢再動，只能蒙在黑影裡，看事行事。兵們在路上跑，一隊跟著一隊，槍聲不停。我不曉得他們是幹什麼呢？待了一會兒，兵們好像是都過去了，我往外探了探頭，見外面沒有什麼動靜，我就像一隻夜鳥兒似的飛過了馬路，到了街的另一邊。在這極快的穿過馬路的一會兒裡，我的眼梢撩著一點紅光。十字街頭起了火。我還藏在黑影裡，不久，火光遠遠的照亮了一片；再探頭往外看，我已可以影影抄抄的看到十字街口，所有四面把角的鋪戶已全燒起來，火影中那些兵們來回的奔跑，放著槍。我明白了，這是兵變。不久，火光更多了，一處接著一處，由光亮的距離我可以斷定：凡是附近的十字口與丁字街全燒了起來。

說句該挨嘴巴的話，火是真好看！遠處，漆黑的天上，忽然一白，緊跟著又黑了。忽然又一白，猛的冒起一個紅團，有一塊天像燒紅的鐵板，紅得可怕。在紅光裡看見了多少股黑煙，和火舌們高低不齊的往上冒，一會兒煙遮住了火苗；一會兒火苗衝破了黑煙。黑煙滾著，轉著，千變萬化的往上升，凝成一片，罩住下面的火光，像濃霧掩住了夕陽。待一會兒，火光明亮了一些，煙也改成灰白色兒，純淨，旺熾，火苗不多，而光亮結成一片，照明了半個天。那近處的，煙與火中帶著種種的響聲，煙往高處起，火往四下裡奔；煙像些醜惡的黑龍，火像些亂長亂鑽的紅鐵筍。煙裏著火，火裹著煙，捲起多高，忽然離散，黑煙裡落下無數的火花，或者三五個極大的火團。火花火團落下，煙像痛快輕鬆了一些，翻滾著向上冒。火團下降，在半空中遇到下面的火柱，又狂喜的往上跳躍，炸出無數火花。火團遠落，遇到可以燃燒的東西，整個的再點起一把新火，新煙掩住舊火，一時變爲黑暗；新火衝出了黑煙，與舊火聯成一氣，處處是火舌，火柱，飛舞，吐動，搖擺，顚狂。忽然嘩啦一聲，一架房倒下去，火星，焦炭，塵土，白煙，一齊飛揚，火苗壓在下面，一齊在底下往橫裡吐射，像千百條探頭吐舌的火蛇。靜寂，靜寂，火蛇慢慢的，忍耐的，往上翻。繞到上邊來，與高處的火接到一處，通明，純亮，忽忽的響著，要把人的心全照亮了似的。

我看著，不，不但看著，我還聞著呢！在種種不同的味道裡，我咂摸著：這是那個金匾黑字的綢緞莊，那是那個山西人開的油酒店。由這些味道，我認識了那些不同的火團，輕而高飛的一定是茶葉鋪的，遲笨黑暗的一定是布店的。這些買賣都不是我的，可是我都認得，聞著它們火葬的氣味，看著它們火團的起落，我說不上來心中怎樣難過。

我看著，聞著，難過，我忘了自己的危險，我彷彿是個不懂事的小孩，只顧了看熱鬧，而忘了別的一切。我的牙打得很響，不是爲自己害怕，而是對這奇慘的美麗動了心。

回家是沒希望了。我不知道街上一共有多少兵，可是由各處的火光猜度起來，大概是熱鬧的街口都有他們。他們的目的是搶劫，可是順著手兒已經燒了這麼多鋪戶，焉知不就棍打腿的殺些人玩玩呢？我這剪了髮的巡警在他們眼中還不和個臭蟲一樣，只須一摟槍機就完了，並不費多少事。想到這個，我打算回到「區」裡去，「區」離我不算遠，只須再過一條街就行了。可是，連這個也太晚了。當槍聲初起的時候，連貧帶富，家家關了門；街上除了那些橫行的兵們，簡直成了個死城。及至火一起來，鋪戶裡的人們開始在火影裡奔走，膽大一些的立在街旁，看著自己的或別人的店鋪燃燒，沒人敢去救火，可也捨不得走開，只那麼一聲不出的看著火苗亂竄。膽小一些的呢，爭著往胡同裡藏躲，三五成群的藏在巷內，不時向街上探探頭，沒人出聲，大家都哆嗦著。火越燒越旺了，槍聲慢慢的稀少下來，胡同裡的住戶彷彿已猜到是怎麼一回事，最先是有人開門向外望望，然後有人試著步往街上走。街上，只有火光人影，沒有巡警，被兵們搶過的當鋪與首飾店全大敞著門！……這樣的街市教人們害怕，同時也教人們膽大起來；一條沒有巡警的街正像是沒有老師的學房，多麼老實的孩子也要鬧哄鬧哄。一家開門，家家開門，街上人多起來；鋪戶已有被搶過的了，跟著搶吧！平日，誰能想到那些良善守法的人民會去搶劫呢？哼！機會一到，人們立刻顯露了原形。說聲搶，壯實的小夥子們首先進了當鋪，金店，鐘錶行。男人們回去一趟，第二趟出來已攙夾上女人和孩子們。被兵們搶過的鋪子自然不必費事，進去隨便拿就是了；可是緊跟著那些尚未被搶過的鋪戶的門也攔不住誰了。糧食店，茶葉鋪，百貨店，什麼東西也是好的，門板一律砸開。

我一輩子只看見了這麼一回大熱鬧：男女老幼喊著叫著，狂跑著，擁擠著，爭吵著，砸門的砸門，喊叫的喊叫，嗑喳！門板倒下去，一窩蜂似的跑進去，亂擠亂抓，壓倒在地的狂號，身體俐落的往櫃檯上躥，全紅著眼，全拚著命，全奮勇前進，擠成一團，倒成一片，散走全街。背著，抱著，扛著，曳著，像一片戰勝的螞蟻，昂首疾走，去而復歸，呼妻喚子，前呼後應。

苦人當然出來了，哼！那中等人家也不甘落後呀！

貴重的東西先搬完了，煤米柴炭是第二撥。有的整罈的搬著香油，有的獨自扛著兩口袋麵，瓶子罐子碎了一街，米麵灑滿了便道，搶啊！搶啊！搶啊！誰都恨自己只長了一雙手，誰都嫌自己的腿腳太慢！有的人會推著一罈子白糖，連人帶罈在地上滾，像屎殼郎[12]推著個大糞球。

強中自有強中手，人是到處會用腦子的！有人拿出切菜刀來了，立在巷口等著：「放下！」刀晃了晃。口袋或衣服，放下了；安然的，不費力的，拿回家去。「放下！」不靈驗，刀下去了，把麵口袋砍破，下了一陣小雷，二人滾在一團。過路的急走，稍帶著說了句：「打什麼，有的是東西！」兩位明白過來，立起來向街頭跑去。搶啊，搶啊！有的是東西！

我擠在了一群買賣人的中間，藏在黑影裡。我並沒說什麼，他們似乎很明白我的困難，大家一

12屎殼郎：一種昆蟲，又名蜣螂、屎甲蟲、糞金龜等，以動物的糞便為食。

聲不出，而緊緊的把我包圍住。不要說我還是個巡警，連他們買賣人也不敢抬起頭來。他們無法去保護他們的財產與貨物，誰敢出頭抵抗誰就是不要命，兵們有槍，人民也有切菜刀呀！是的，他們低著頭，好像倒怪羞慚似的。他們唯恐和搶劫的人們——也就是他們平日的照顧主兒——對了臉，羞惱成怒，在這沒有王法的時候，殺幾個買賣人總不算一回事呢！所以，他們也保護著我。想想看吧，這一帶的居民大概不會不認識我吧！我三天兩頭的到這裡來巡邏。平日，他們在牆根撒尿，我都要討他們的厭，上前干涉；他們怎能不恨惡我呢！現在大家正在興高采烈的白拿東西，要是遇見我，他們一人給我一磚頭，我也就活不成了。即使他們不認識我，反正我是穿著制服，佩著東洋刀呀！在這個局面下，冒而咕咚的出來個巡警，夠多麼不合適呢！我滿可以上前去道歉，說我不該這麼冒失，他們能白白的饒了我嗎？

街上忽然清靜了一些，便道上的人紛紛往胡同裡跑，馬路當中走著七零八散的兵，都走得很慢；我摘下帽子，從一個學徒的肩上往外看了一眼，看見一位兵士，手裡提著一串東西，像一串兒螃蟹似的。我能想到那是一串金銀的鐲子。他身上還有多少東西，不曉得，不過一定有許多硬貨，因爲他走得很慢。多麼自然，多麼可羨慕呢！自自然然的，提著一串鐲子，在馬路中心緩緩的走，有燒亮的鋪戶作著巨大的火把，給他們照亮了全城！

兵過去了，人們又由胡同裡鑽出來。東西已搶得差不多了，大家開始搬鋪戶的門板，有的去摘門上的匾額。我在報紙上常看見「徹底」這兩個字，咱們的良民們打搶的時候才眞正徹底呢！

這時候，鋪戶的人們才有出頭喊叫的：「救火呀！救火呀！別等著燒淨了呀！」喊得教人一聽見就要落淚！我身旁的人們開始活動。我怎麼辦呢？他們要是都去救火，剩下我這一個巡警，往哪兒跑呢？我拉住了一個屠戶！他脫給了我那件滿是豬油的大衫。把帽子夾在夾肢窩底下。一手握著佩刀，一手揪著大襟，我擦著牆根，逃回「區」裡去。

八

我沒去搶，人家所搶的又不是我的東西，這回事簡直可以說和我不相干。可是，我看見了，也就明白了。明白了什麼？我不會乾脆的，恰當的，用一半句話說出來；我明白了點什麼意思，這點意思教我幾乎改變了點脾氣。丟老婆是一件永遠忘不了的事，現在它有了伴兒，我也永遠忘不了這次的兵變。丟老婆是我自己的事，只須記在我的心裡，用不著把家事國事天下事全拉扯上。這次的變亂是多少萬人的事，只要我想一想，我便想到大家，想到全城，簡直的我可以用這回事去斷定許多的大事，就好像報紙上那樣談論這個問題那個問題似的。對了，我找到了一句漂亮的了。這件事教我看出一點意思，由這點意思我咂摸著許多問題。不管別人聽得懂這句與否，我可眞覺得它不壞。

我說過了：自從我的妻潛逃之後，我心中有了個空兒。經過這回兵變，那個空兒更大了一些，鬆鬆通通的能容下許多玩藝兒。還接著說兵變的事吧！把它說完全了，你也就可以明白我心中的空兒爲什麼大起來了。

當我回到宿舍的時候，大家還全沒睡呢。不睡是當然的，可是，大家一點也不顯著著急或恐慌，吸菸的吸菸，喝茶的喝茶，就好像有紅白事熬夜那樣。我的狼狽的樣子，不但沒引起大家的同情，倒招得他們直笑。我本排著一肚子話要向大家說，一看這個樣子也就不必再言語了。我想去睡，可是被排長給攔住了：「別睡！待一會兒，天一亮，咱們全得出去彈壓地面！」這該輪到我發笑了；街上燒搶到那個樣子，並不見一個巡警，等到天亮再去彈壓地面，豈不是天大的笑話！命令是命令，我只好等到天亮吧！

還沒到天亮，我已經打聽出來：原來高級警官們都預先知道兵變的事兒，可是不便於告訴下級警官和巡警們。這就是說，兵變是員警們管不了的事，要變就變吧；下級警官和巡警們呢，夜間糊糊塗塗的照常去巡邏站崗，是生是死隨他們去！這個主意夠多麼活動而毒辣呢！再看巡警們呢，全和我自己一樣，聽見槍聲就往回跑，誰也不傻。這樣巡警正好對得起這樣警官，自上而下全是瞎打混的當「差事」，一點不假！

雖然很要睏，我可是急於想到街上去看看，夜間那一些情景還都在我的心裡，我願白天再去看一眼，好比較比較，教我心中這張畫兒有頭有尾。天亮得似乎很慢，也許是我心中太急。天到底慢慢的亮起來，我們排上隊。我又要笑，有的人居然把盤起來的辮子梳好了放下來，巡長們也作爲沒看見。有的人在快要排隊的時候，還細細刷了刷制服，用布擦亮了皮鞋！街上有那麼大的損失，還有人顧得擦亮了鞋呢。我怎能不笑呢！

到了街上，我無論如何也笑不出了！從前，我沒眞明白過什麼叫作「慘」，這回才眞曉得了。天上還有幾顆懶得下去的大星，雲色在灰白中稍微帶出些藍，清涼，暗淡。到處是焦糊的氣味，空中游動著一些白煙。鋪戶全敞著門，沒有一個整窗子，大人和小徒弟都在門口，或坐或立，誰也不出聲，也不動手收拾什麼，像一群沒有主兒的傻羊。火已經停止住延燒，可是已被燒殘的地方還靜靜的冒著白煙，吐著細小而明亮的火苗。微風一吹，那燒焦的房柱忽然又亮起來，順著風擺開一些小火旗。最初起火的幾家已成了幾個巨大的焦土堆，山牆沒有倒，空空的圍抱著幾座冒煙的墳頭。最後燃燒的地方還都立著，牆與前臉全沒塌倒，可是門窗一律燒掉，成了些黑洞。有一隻貓還在這樣的一家門口坐著，被煙熏得連連打噎，可是還不肯離開那裡。

平日最熱鬧體面的街口變成了一片焦木頭破瓦，成群的焦柱靜靜的立著，東西南北都是這樣，懶懶的，無聊的，欲罷不能的冒著些煙。地獄什麼樣？我不知道。大概這就差不多吧！我一低頭，便想起往日街頭上的景象，那些體面的鋪戶是多麼華麗可愛。一抬頭，眼前只剩了焦糊的那麼一片。心中記得的景象與眼前看見的忽然碰到一處，碰出一些淚來。這就叫作「慘」吧？火場外有許多買賣人與學徒們呆呆的立著，手揣在袖裡，對著殘火發楞。遇見我們，他們只淡淡的看那麼一眼，沒有任何別的表示，彷彿他們已絕了望，用不著再動什麼感情。

過了這一帶火場，鋪戶全敞著門窗，沒有一點動靜，便道上馬路上全是破碎的東西，比那火場更加淒慘。火場的樣子教人一看便知道那是遭了火災，這一片破碎靜寂的鋪戶與東西使人莫名其妙，不曉得爲什麼繁華的街市會忽然變成絕大的垃圾堆。我就被派在這裡站崗。我的責任是什麼呢？不知道。我規規矩矩的立在那裡，連動也不敢動，這破爛的街市彷彿有一股涼氣，把我吸住。一些婦女和小孩子還在鋪子外邊拾取一些破東西，鋪子的人不作聲，我也不便去管；我覺得站在那裡簡直是多此一舉。

太陽出來，街上顯著更破了，像陽光下的叫化子那麼醜陋。地上的每一個小物件都露出顏色與形狀來，花哨的奇怪，雜亂得使人憋氣。沒有一個賣菜的，趕早市的，賣早點心的，沒有一輛洋車，一匹馬，整個的街上就是那麼破破爛爛，冷冷清清，連剛出來的太陽都彷彿垂頭喪氣不大起勁，空空洞洞的懸在天上。一個郵差從我身旁走過去，低著頭，身後扯著一條長影。我哆嗦了一下。

待了一會兒，段上的巡官下來了。他身後跟著一名巡警，兩人都非常的精神在馬路當中當當的走，好像得了什麼喜事似的。巡官告訴我：注意街上的秩序，大令已經下來了！我行了禮，莫名其妙他說的是什麼？那名巡警似乎看出來我的傻氣，低聲找補了一句：趕開那些拾東西的，大令下來了！我沒心思去執行，可是不敢公然違抗命令，我走到鋪戶外邊，向那些婦人孩子們擺了擺手，我說不出話來！

一邊這樣維持秩序，我一邊往豬肉鋪走，爲是說一聲，那件大褂等我給洗好了再送來。屠戶在小肉鋪門口坐著呢，我沒想到這樣的小鋪也會遭搶，可是竟自成個空鋪子了。我說了句什麼，屠戶連頭也沒抬。我往鋪子裡望了望：大小肉墩子，肉鉤子，錢筒子，油盤，凡是能拿走的吧，都被人家拿走了，只剩下了櫃檯和架肉案子的土臺！

我又回到崗位，我的頭痛得要裂。要是老教我看著這條街，我知道不久就會瘋了。

大令眞到了。十二名兵，一個長官，捧著就地正法的權杖，槍全上著刺刀。嘔！原來還是辮子兵啊！他們搶完燒完，再出來就地正法別人；什麼玩藝呢？我還得給權杖行禮呀！

行完禮，我急快往四下裡看，看看還有沒有撿拾零碎東西的人，好警告他們一聲。連屠戶的木墩都搬了走的人民，本來值不得同情；可是被辮子兵們殺掉，似乎又太冤枉。

說時遲，那時快，一個十四五歲的男孩子沒有走脫。槍刺圍住了他，他手中還攥住一塊木板與一隻舊鞋。拉倒了，大刀亮出來，孩子喊了聲「媽！」血濺出去多遠，身子還抽動，頭已懸在電線桿子上！

我連吐口唾沫的力量都沒有了，天地都在我眼前翻轉。殺人，看見過，我不怕。我是不平！我是不平！請記住這句，這就是前面所說過的，「我看出一點意思」的那點意思。想想看，把整串的金銀鐲子提回營去，而後出來殺個拾了雙破鞋的孩子，還說就地正「法」呢！天下要有這個「法」，我X「法」的親娘祖奶奶！請原諒我的嘴這麼野，但是這種事恐怕也不大文明吧？

事後，我聽人家說，這次的兵變是有什麼政治作用，所以打搶的兵在事後還出來彈壓地面。連頭帶尾，一切都是預先想好了的。什麼政治作用？咱不懂！咱只想再罵街。可是，就憑咱這麼個

「臭腳巡」，罵街又有什麼用呢！

九

簡直我不願再提這回事了，不過爲圓上場面，我總得把問題提出來；提出來放在這裡，比我聰明的人有的是，讓他們自己去細咂摸吧！

怎麼會「政治作用」裡有兵變？

若是有意教兵來搶，當初幹麼要巡警？

巡警到底是幹麼的？是只管在街上小便的，而不管搶鋪子的嗎？

安善良民要是會打搶，巡警幹麼去專拿小偷？

人們到底願意要巡警不願意？不願意吧！爲什麼剛要打架就喊巡警，而且月月往外拿「警捐」？願意吧！爲什麼又喜歡巡警不管事：要搶的好去搶，被搶的也一聲不言語？

好吧，我只提出這麼幾個「樣子」來吧！問題還多得很呢！我既不能去解決，也就不便再瞎叨叨了。這幾個「樣子」就眞夠教我糊塗的了，怎想怎不對，怎摸不清哪裡是哪裡，一會兒它有頭有尾，一會兒又沒頭沒尾，我這點聰明不夠想這麼大的事的。

我只能說這麼一句老話，這個人民，連官兒，兵丁，巡警，帶安善的良民，都「不夠本」！所以，我心中的空兒就更大了呀！在這群「不夠本」的人們裡活著，就是個對付勁兒，別講究什麼

鼻子裡哽哽的哼白氣。我只好低下頭去，本來嗎，那麼大的陣式，我們巡警都一聲沒出，事後還能怨人家小看我們嗎？賭局到處都是，白搶來的錢，輸光了也不折本兒呀！我們不敢去抄，想抄也抄不過來，太多了。我們在牆兒外聽見人家裡面喊「人九」，「對子」，只作爲沒聽見，輕輕的走過去。反正人們在院兒裡頭耍，不到街上來就行。哼！人們連這點面子也不給咱們留呀！那穿兩件馬褂的小夥子們偏要顯出一點也不怕巡警——他們的祖父，爸爸，就沒怕過巡警，也沒見過巡警，他們爲什麼這輩子應當受巡警的氣呢？——單要來到街上賭一場。有骰子就能開寶，蹲在地上就玩起活來。有一對石球就能踢，兩人也行，五個人也行，「一毛錢一腳，踢不踢？好啦！『倒回來！』」拍，球碰了球，一毛。耍兒眞不小呢，一點鐘裡也過手好幾塊。這都在我們鼻子底下，我們管不管呢？管吧！一個人，只佩著連豆腐也切不齊的刀，而賭家老是一幫年輕的小夥子。明人不吃眼前虧，巡警得繞著道兒走過去，不管的爲是。可是，不幸，遇見了稽察，「你難道瞎了眼，看不見他們聚賭？」回去，至輕是記一過。這份兒委屈上哪兒訴去呢？

這樣的事還多得很呢！以我自己說，我要不是佩著那麼把破刀，而是拿著把手槍，跟誰我也敢碰碰，六塊錢的餉銀自然合不著賣命，可是泥人也有個土性，架不住碰在氣頭兒上。可是，我摸不著手槍，槍在土匪和大兵手裡呢。明明看見了大兵坐了車不給錢，而且用皮帶抽洋車夫，我不敢不笑著把他勸了走。他有槍，他敢放，打死個巡警算得了什麼呢！有一年，在三等窯子裡，大兵們打死了我們三位弟兄，我們連凶手也沒要出來。三位弟兄白白的死了，沒有一個抵償的，連一個挨幾十軍棍的也沒有！他們的槍隨便放，我們赤手空拳，我們這是文明事兒呀！

總而言之吧，在這麼個以蠻橫不講理爲榮，以破壞秩序爲增光耀祖的社會裡，巡警簡直是多餘。明白了這個，再加上我們前面所說過的食不飽力不足那一套，大概誰也能明白個八九成了。我們不抹稀泥，怎麼辦呢？我——我是個巡警——並不求誰原諒，我只是願意這麼說出來，心明眼亮，好教大家心裡有個譜兒。

爽性我把最洩氣的也說了吧：當過了一二年差事，我在弟兄們中間已經是個了不得的人物。遇見官事，長官們總教我去擋頭一陣。弟兄們並不因此而妒忌我，因爲對大家的私事我也不走在後邊。這樣，每逢出個排長的缺，大家總對我咕唧：「這回一定是你補缺了！」彷彿他們非常希望要我這麼個排長似的。雖然排長並沒落在我身上，可是我的才幹是大家知道的。

我的辦事訣竅，就是從前面那一大堆話中抽出來的。比方說吧，有人來報被竊，巡長和我就去察看。糙糙的把門窗戶院看一過兒，順口搭音就把我們在哪兒有崗位，夜裡有幾趟巡邏，都說得詳詳細細，有滋有味，彷彿我們比誰都精細，都賣力氣。然後，找門窗不甚嚴密的地方，話軟而意思硬的開始反攻：「這扇門可不大保險，得安把洋鎖吧？告訴你，安鎖要往下安，門檻那溜兒就很好，不容易教賊摸到。屋裡養著條小狗也是辦法，狗圈在屋裡，不管是多麼小，有動靜就會汪汪，比院裡放著三條大狗還有用。先生你看，我們多留點神，你自己也得注點意，兩下一湊合，準保丟不了東西了。好吧，我們回去，多派幾名下夜的就是了；先生歇著吧！」這一套，把我們的責任卸了，他就趕緊得安鎖養小狗；遇見和氣的主兒呢，還許給我們泡壺茶喝。這就是我的本事。怎麼不負責任，而且不教人看出抹稀泥來，我就怎辦。話要說得好聽，甜嘴蜜舌的把責任全推到一邊去，準保不招災不惹禍。弟兄們都會這一套，可是他們的嘴與神氣差著點勁兒。一句話有多少種說法，把神氣弄對了地方，話就能說出去又拉回來，像有彈簧似的。這點，我比他們強，而且他們還是學不了去，這是天生來的才分！

趕到我獨自下夜，遇見賊，你猜我怎麼辦？我呀！把佩刀攥在手裡，省得有響聲；他爬他的牆，我走我的路，各不相擾。好嗎，眞要教他記恨上我，藏在黑影兒裡給我一磚，我受得了嗎？那誰，傻王九，不是瞎了一隻眼嗎？他還不是爲拿賊呢！有一天，他和董志和在街口上強迫給人們剪髮，一人手裡一把剪刀，見著帶小辮的，拉過來就是一剪子。哼！教人家記上了。等傻王九走單了的時候，人家照準了他的眼就是一把石灰：「讓你剪我的髮，X你媽媽的！」他的眼就那麼瞎了一隻。你說，這差事要不像我那麼去當，還活著不活著呢？凡是巡警們以爲該干涉的，人們都以爲是「狗拿耗子多管閒事」，有什麼法子呢？

我不能像傻王九似的，平白無故的丟去一隻眼睛，我還留著眼睛看這個世界呢！輕手躡腳的躲開賊，我的心裡並沒閒著，我想我那兩個沒娘的孩子，我算計這一個月的嚼穀。也許有人一五一十的算計，而用洋錢作單位吧？我呀，得一個銅子一個銅子的算。多幾個銅子，我心裡就寬綽；少幾個，我就得發愁。還拿賊，誰不窮呢？窮到無路可走，誰也會去偷，肚子才不管什麼叫作體面呢！

十一

這次兵變過後，又有一次大的變動：大清國改爲中華民國了。改朝換代是不容易遇上的，我可是並沒覺得這有什麼意思。說眞的，這百年不遇的事情，還不如兵變熱鬧呢。據說，一改民國，凡事就由人民主管了；可是我沒看見。我還是巡警，餉銀沒有增加，天天出來進去還是那一套。原先我受別人的氣，現在我還是受氣；原先大官兒們的車夫僕人欺負我們，現在新官兒手底下的人也並不和氣。「湯兒事」還是「湯兒事」，倒不因爲改朝換代有什麼改變。可也別說，街上剪髮的人比從前多了一些，總得算作一點進步吧。牌九押寶慢慢的也少起來，貧富人家都玩「麻將」了，我們還是照樣的不敢去抄賭，可是賭具不能不算改了良，文明了一些。

民國的民倒不怎樣，民國的官和兵可了不得！像雨後的蘑菇似的，不知道哪兒來的這麼些官和兵。官和兵本不當放在一塊兒說，可是他們的確有些相像的地方。昨天還一腳黃土泥，今天作了官或當了兵，立刻就瞪眼；越糊塗，眼越瞪得大，好像是糊塗燈，糊塗得透亮兒。這群糊塗玩藝兒聽不懂哪叫好話，哪叫歹話，無論你說什麼；他們總是横著來。他們糊塗得教人替他們難過，可是他們很得意。有時候他們教我都這麼想了：我這輩大概作不了文官或是武官啦！因爲我糊塗得不夠程度！

幾乎是個官兒就可以要幾名巡警來給看門護院，我們成了一種保鏢的，掙著公家的錢，可爲私人作事。我便被派到宅門裡去。從道理上說，爲官員看守私宅簡直不能算作差事；從實利上講，巡警們可都願意這麼被派出來。我一被派出來，就拔升爲「三等警」；「招募警」還沒有被派出來的資格呢！我到這時候才算入了「等」。再說呢，宅門的事情清閒，除了站門，守夜，沒有別的事可作；至少一年可以省出一雙皮鞋來。事情少，而且外帶著沒有危險；宅裡的老爺與太太若打起架來，用不著我們去勸，自然也就不會把我們打在底下而受點誤傷。巡夜呢，不過是繞著宅子走兩圈，準保遇不上賊；牆高狗厲害，小賊不能來，大賊不便於來——大賊找退職的官兒去偷，既有油水，又不至於引起官面嚴拿；他們不惹有勢力的現任官。在這裡，不但用不著去抄賭，我們反倒保護著老爺太太們打麻將。遇到宅裡請客玩牌，我們就更清閒自在：宅門外放著一片車馬，宅裡到處亮如白晝，僕人來往如梭，兩三桌麻將，四五盞煙燈，徹夜的鬧哄，絕不會鬧賊，我們就睡大覺，等天亮散局的時候，我們再出來站門行禮，給老爺們助威。要趕上宅裡有紅白事，我們就更合適：喜事唱戲，我們跟著白聽戲，準保都是有名的角色，在戲園子裡絕聽不到這麼齊全。喪事呢，雖然沒戲可聽，可是死人不能一半天就抬出去，至少也得停三四十天，念好幾棚經；好了，我們就跟著吃吧；他們死人，咱們就吃犒勞。怕就怕死小孩，既不能開吊，又得聽著大家嘔嘔的眞哭。其次是怕小姐偷偷跑了，或姨太太有了什麼大錯而被休出去，我們撈不著吃喝看戲，還得替老爺太太們怪不得勁兒的！

教我特別高興的，是當這路差事，出入也隨便了許多，我可以常常回家看看孩子們。在「區」

裡或「段」上，請會兒浮假都好不容易，因爲無論是在「內勤」或「外勤」，工作是刻板兒排好了的，不易調換更動。在宅門裡，我站完門便沒了我的事，只須對弟兄們說一聲就可以走半天。這點好處常常教我害怕，怕再調回「區」裡去；我的孩子們沒有娘，還不多教他們看看父親嗎？

就是我不出去，也還有好處。我的身上既永遠不疲乏，心裡又沒多少事兒，閒著幹什麼呢？我呀，宅上有的是報紙，閒著就打頭到底的念。大報小報，新聞社論，明白吧不明白吧，我全念，老念。這個，幫助我不少，我多知道了許多的事，多識了許多的字。有許多字到如今我還念不出來，可是看慣了，我會猜出它們的意思來，就好像街面上常見著的人，雖然叫不上姓名來，可是彼此怪面善。除了報紙，我還滿世界去借閒書看。不過，比較起來，還是念報紙的益處大，事情多，字眼兒雜，看著開心。唯其事多字多，所以才費勁；念到我不能明白的地方，我只好再拿起閒書來了。閒書老是那一套，看了上回，猜也會猜到下回是什麼事；正因爲它這樣，所以才不必費力，看著玩玩就算了。報紙開心，閒書散心，這是我的一點經驗。

在門兒裡可也有壞處：吃飯就第一成了問題。在「區」裡或「段」上，我們的伙食錢是由餉銀裡坐地兒扣，好歹不拘，天天到時候就有飯吃。派到宅門裡來呢，一共三五個人，絕不能找廚子包辦伙食，沒有廚子肯包這麼小的買賣的。宅裡的廚房呢，又不許我們用；人家老爺們要巡警，因爲知道可以白使喚幾個穿制服的人，並不大管這群人有肚子沒有。我們怎辦呢？自己起灶，作不到，買一堆盆碗鍋勺，知道哪時就又被調了走呢？再說，人家門頭上要巡警原爲體面好看，好，我們若是給人家弄得盆朝天碗朝地，刀勺亂響，成何體統呢？沒法子，只好買著吃。

這可夠彆扭的。手裡若是有錢，不用說，買著吃是頂自由了，愛吃什麼就叫什麼，弄兩盅酒兒伍的，叫兩個可口的菜，豈不是個樂子？請別忘了，我可是一月才共總進六塊錢！吃的苦還不算什麼，一頓一頓想主意可眞教人難過，想著想著我就要落淚。我要省錢，還得變個樣兒，不能老啃乾饃饃[13]辣餅子，像塡鴨子似的。省錢與可口簡直永遠不能碰到一塊，想想錢，我認命吧，還是弄幾個乾燒餅，和一塊老醃蘿蔔，對付一下吧；想到身子，似乎又不該如此。想，越想越難過，越不能決定；一直餓到太陽平西還沒吃上午飯呢！我家裡還有孩子呢！我少吃一口，他們就可以多吃一口，誰不心疼孩子呢？吃著包飯，我無法少交錢；現在我可以自由的吃飯了，爲什麼不多給孩子們省出一點來呢？好吧，我有八個燒餅才夠，就硬吃六個，多喝兩碗開水，來個「水飽」！我怎能不落淚呢！

看看人家宅門裡吧，老爺掙錢沒數兒！是呀，只要一打聽就能打聽出來他拿多少薪俸，可是人家絕不指著那點固定的進項，就這麼說吧，一月掙八百塊的，若是乾掙八百塊，他怎能那麼闊氣呢？這裡必定有文章。這個文章是這樣的，你要是一月掙六塊錢，你就死掙那個數兒，你兜兒裡忽然多出一塊錢來，都會有人斜眼看你，給你造些謠言。你要是能掙五百塊，就絕不會死掙這個數兒，而且你的錢越多，人們越佩服你。這個文章似乎一點也不合理，可是它就是這麼作出來的，你愛信不信！

報紙與宣講所[14]裡常常提倡自由；事情要是等著提倡，當然是原來沒有。我原沒有自由；人家提倡了會子，自由還沒來到我身上，可是我在宅門裡看見它了。民國到底是有好處的，自己有自由沒有吧，反正看見了也就得算開了眼。

你瞧，在大清國的時候，凡事都有個準譜兒；該穿藍布大褂的就得穿藍布大褂，有錢也不行。這個，大概就應叫作專制吧！一到民國來，宅門裡可有了自由，只要有錢，你愛穿什麼，吃什麼，戴什麼，都可以，沒人敢管你。所以，爲爭自由，得拚命的去摟錢[15]；摟錢也自由，因爲民國沒有御史。你要是沒在大宅門待過，大概你還不信我的話呢，你去看看好了。現在的一個小官都比老年間的頭品大員多享著點福：講吃的，現在交通方便，山珍海味隨便的吃，只要有錢。吃膩了這些還可以拿西餐洋酒換換口味；哪一朝的皇上大概也沒吃過洋飯吧？講穿的，講戴的；講看的聽的，使的用的，都是如此；坐在屋裡你可以享受全世界最好的東西。如今享福的人才眞叫作享福，自然如今摟錢也比從前自由的多。別的我不敢說，我準知道宅門裡的姨太太擦五十塊錢一小盒的香粉，是由什麼巴黎來的；巴黎在哪兒？我不知道，反正那裡來的粉是很貴。我的鄰居李四，把個胖小子賣

---

13 餑餑：北京的方言，此指饅頭，有時也指糕餅一類的東西。
14 宣講所：西方宣教士宣教、傳教的場所。
15 摟錢：搜刮錢財。

了，才得到四十塊錢，足見這香粉貴到什麼地步了，一定是又細又香呀，一定！

好了，我不再說這個了；緊自[16]貧嘴惡舌，倒好像我不贊成自由似的，那我哪敢呢！

我再從另一方面說幾句，雖然還是話裡套話，可是多少有點變化，好教人聽著不俗氣厭煩。剛才我說人家宅門裡怎樣自由，怎樣闊氣，誰可也別誤會了人家作老爺的就整天的大把往外扔洋錢，老爺們才不這麼傻呢！是呀，姨太太擦比一個小孩還貴的香粉，但是姨太太是姨太太，有姨太太的造化與本事。人家作老爺的給姨太太買那麼貴的粉，正因爲人家有地方可以摳出來。你就這麼說吧，好比你作了老爺，我就能按著宅門的規矩告訴你許多訣竅：你的電燈，自來水，煤，電話，手紙，車馬，天棚[17]，傢俱，信封信紙，花草，都不用花錢；最後，你還可以白使喚幾名巡警。這是規矩，你要不明白這個，你簡直不配作老爺。告訴你一句到底的話吧，作老爺的要空著手兒來，滿膛滿餡的去，就好像剛驚蟄後的臭蟲，來的時候是兩張皮，一會兒就變成肚大腰圓，滿兜兒血。這個比喻稍粗一點，意思可是不錯。自由的摟錢，專制的省錢，兩下裡一合，你的姨太太就可以擦巴黎的香粉了。這句話也許說得太深奧了一些，隨便吧！你愛懂不懂。

這可就該說到我自己了。按說，宅門裡白使喚了咱們一年半載，到節了年了的，總該有個人心，給咱們哪怕是頓犒勞飯呢，也大小是個意思。哼！休想！人家作老爺的錢都留著給姨太太花呢，巡警算哪道貨？等咱被調走的時候，求老爺給「區」裡替我說句好話，咱都得感激不盡。

你看，命令下來，我被調到別處。我把鋪蓋捲打好，然後恭而敬之的去見宅上的老爺。看吧，人家那股子勁兒大了去啦！帶理不理的，倒彷彿我偷了他點東西似的。我托咐了幾句：求老爺順便和「區」裡說一聲，我的差事當得不錯。人家微微的一抬眼皮，連個屁都懶得放。我只好退出來了，人家連個拉鋪蓋的車錢也不給；我得自己把它扛了走。這就是他媽的差事，這就是他媽的人情！

十二

機關和宅門裡的要人越來越多了。我們另成立了警衛隊，一共有五百人，專作那義務保鏢的事。為是顯出我們眞能保衛老爺們，我們每人有一桿洋槍，和幾排子彈。對於洋槍——這些洋槍——我一點也不感覺興趣：它又沉，又老，又破，我摸不清這是由哪裡找來的一些專為壓人肩膀，而一點別的用處沒有的玩藝兒。我的子彈老在腰間圍著，永遠不准往槍裡擱；到了什麼大難臨頭，老爺們都逃走了的時候，我們才安上刺刀。

---

16 緊自：一直、連續不斷之意。

17 天棚：指夏天用的涼棚。立夏前後，四合院人家為了遮陽納涼，會僱請人在中間庭院鋪上高過屋頂的蘆蓆天棚，蘆蓆正中央設有長方形開口，可透過小線繩機動性舒展或捲起，以透氣通風或避雨，秋天即撤，留下棚架，來年再鋪新蓆。

這可並非是說，我可以完全不管那枝破傢伙；它雖然是那麼破，我可得給它支使著。槍身裡外，連刺刀，都得天天擦；即使永遠擦不亮，我的手可不能閒著。心到神知！再說，有了槍，身上也就多了些玩藝兒，皮帶，刺刀鞘，子彈袋子，全得弄得俐落抹膩，不能像豬八戒挎腰刀那麼懈懈鬆鬆的，還得打裹腿呢！

多出這麼些事來，肩膀上添了七八斤的分量，我多掙了一塊錢；現在我是一個月掙七塊大洋了，感謝天地！

七塊錢，扛槍，打裹腿，站門，我幹了三年多。由這個宅門串到那個宅門，由這個衙門調到那個衙門；老爺們出來，我行禮；老爺進去，我行禮。這就是我的差事。這種差事才毀人呢：你說沒事作吧，又有事；說有事作吧，又沒事。還不如上街站崗去呢。在街上，至少得管點事，用用心思。在宅門或衙門，簡直永遠不用費什麼一點腦子。趕到在閒散的衙門或湯兒事的宅子裡，連站門的時候都滿可以隨便，拄著槍立著也行，抱著槍打盹也行。這樣的差事教人不起一點兒勁，它生生的把人耗疲了。一個當僕人的可以有個盼望，哪兒的事情甜就想往哪兒去，我們當這份兒差事，明知一點好來頭沒有，可是就那麼一天天的窮耗，耗得連自己都看不起了自己。按說，這麼空閒無事，就應當吃得白白胖胖，也總算個體面呀。哼！我們並蹲不出膘兒來。我們一天老繞著那七塊錢打算盤，窮得揪心。心要是揪上，還怎麼會發胖呢？以我自己說吧，我的孩子已到上學的年歲了，我能不教他去嗎？上學就得花錢，古今一理，不算出奇，可是我上哪裡找這份錢去呢？作官的可以白占許多許多便宜，當巡警的連孩子白念書的地方也沒有。上私塾吧，學費節禮，書籍筆墨，都是錢。上學校吧，制服，手工材料，種種本子，比上私塾還費的多。再說，孩子們在家裡，餓了可以掰一塊窩窩頭吃；一上學，就得給點心錢，即使咱們肯教他揣著塊窩窩頭去，他自己肯嗎？小孩的臉是更容易紅起來的。

我簡直沒辦法。這麼大個活人，就會乾瞪著眼睛看自己的兒女在家裡荒荒著！我這輩無望了，難道我的兒女應當更不濟嗎？看著人家宅門的小姐少爺去上學，喝！車接車送，到門口還有老媽子丫鬟來接書包，抱進去，手裡拿著橘子蘋果，和新鮮的玩具。人家的孩子這樣，咱的孩子那樣；孩子不都是將來的國民嗎？我眞想辭差不幹了。我楞當僕人去，弄倆零錢，好教我的孩子上學。

可是人就是別入了轍，入到哪條轍上便一輩子拔不出腿來。當了幾年的差事——雖然是這樣的差事——我事事入了轍，這裡有朋友，有說有笑，有經驗，它不教我起勁，可是我也彷彿不大能狠心的離開它。再說，一個人的虛榮心每每比金錢還有力量，當慣了差，總以爲去當僕人是往下走一步，雖然可以多掙些錢。這可笑，很可笑，可是人就是這麼個玩藝兒。我一跟朋友們說這個，大家都搖頭。有的說，大家混的都很好的，幹麼去改行？有的說，這山望著那山高，咱們這些苦人幹什麼也發不了財，先忍著吧！有的說，人家中學畢業生還有當「招募警」的呢，咱們有這個差事當，就算不錯；何必呢？連巡官都對我說了：好歹混著吧，這是差事；憑你的本事，日後總有升騰！大家這麼一說，我的心更活了，彷彿我要是固執起來，倒不大對得住朋友似的。好吧，還往下混吧。

小孩念書的事呢？沒有下文！

不久，我可有了個好機會。有位馮大人哪，官職大得很，一要就要十二名警衛；四名看門，四名送信跑道，四名作跟隨。這四名跟隨得會騎馬。那時候，汽車還沒出世，大官們都講究坐大馬車。在前清的時候，大官坐轎或坐車，不是前有頂馬，後有跟班嗎？這位馮大人願意恢復這點官威，馬車後得有四名帶槍的警衛。敢情會騎馬的人不好找，找遍了全警衛隊，才找到了三個；三條腿不大像話，連巡官都急得直抓腦袋。我看出便宜來了：騎馬，自然得有糧錢哪！爲我的小孩念書起見，我得冒下子險，假如從馬糧錢裡能弄出塊兒八毛的來，孩子至少也可以去私塾了。按說，這個心眼不甚好，可是我這是賣著命，我並不會騎馬呀！我告訴了巡官，我願意去。他問我會騎馬不會？我沒說我會，也沒說我不會；他呢，反正找不到別人，也就沒究根兒。

有膽子，天下便沒難事。當我頭一次和馬見面的時候，我就合計好了：摔死呢，孩子們入孤兒院，不見得比在家裡壞；摔不死呢，好，孩子們可以念書去了。這麼一來，我就先不怕馬了。我不怕它，它就得怕我，天下的事不都是如此嗎？再說呢，我的腿腳俐落，心裡又靈，跟那三位會騎馬的瞎扯巴了一會兒，我已經把騎馬的招數知道了不少。找了匹老實的，我試了試，我手心裡攥著把汗，可是硬說我有了把握。頭幾天，我的罪過眞不小，渾身像散了一般，屁股上見了血。我咬了牙。等到傷好了，我的膽子更大起來，而且覺出來騎馬的快樂。跑，跑，車多快，我多快，我算是治服了一種動物！我把馬治服了，可是沒把糧草錢拿過來，我白冒了險。馮大人家中有十幾匹馬呢，另有看馬的專人，沒有我什麼事。我幾乎氣病了。可是，不久我又高興了：馮大人的官職是這麼大，這麼多，他簡直沒有回家吃飯的工夫。我們跟著他出去，一跑就是一天。他當然嘍，到處都有飯吃，我們呢？我們四個人商議了一下，決定跟他交涉，他在哪裡吃飯，也得有我們的。馮大人這個人心眼還不錯，他很愛馬，愛面子，愛手下的人。我們一對他說，他馬上答應了。這個，可是個便宜。不用往多裡說。我們要是一個月準能在外邊白吃半個月的飯，我們不就省下半個月的飯錢嗎？我高了興！

馮大人，我說，很愛面子。當我們去見他交涉飯食的時候，他細細看了看我們。看了半天，他搖了搖頭，自言自語的說：「這可不行！」我以為他是說我們四個人不行呢，敢情不是。他登時要筆墨，寫了個條子：「拿這個見總隊長去，教他三天內都辦好！」把條子拿下來，我們看了看，原來是教隊長給我們換制服：我們平常的制服是斜紋布的，馮大人現在教換呢子的；袖口，褲縫，和帽箍，一律要安金條子。靴子也換，要過膝的馬靴。槍要換上馬槍，還另外給一人一把手槍。看完這個條子，連我們自己都覺得不合適：長官們才能穿呢衣，鑲金條，我們四個是巡警，怎能平白無故的穿上這一套呢？自然，我們不能去教馮大人收回條子去，可是我們也怪不好意思去見總隊長。總隊長要是不敢違抗馮大人，他滿可以對我們四個人發發脾氣呀！

你猜怎麼著？總隊長看了條子，連大氣沒出，照話而行，都給辦了。你就說馮大人有多麼大的勢力吧！喝！我們四個人可抖起來了，眞正細黑呢制服，鑲著黃登登的金條，過膝的黑皮長靴，靴後帶著白亮亮的馬刺，馬槍背在背後，手槍挎在身旁，槍匣外搭拉著長杏黃穗子。簡直可以這麼說吧，全城的巡警的威風都教我們四個人給奪過來了。我們在街上走，站崗的巡警全都給我們行禮，以爲我們是大官兒呢！

當我作裱糊匠的時候，稍微講究一點的燒活，總得糊上匹菊花青的大馬。現在我穿上這麼抖的制服，我到馬棚去挑了匹菊花青的馬，這匹馬非常的鬧手，見了人是連啃帶踢；我挑了它，因爲我原先糊過這樣的馬，現在我得騎上匹活的；菊花青，多麼好看呢！這匹馬鬧手，可是跑起來眞作臉，頭一低，嘴角吐著點白沫，長鬃像風吹著一壟春麥，小耳朵立著像兩個小瓢兒；我只須一認鐙，它就要飛起來。這一輩子，我沒有過什麼眞正得意的事；騎上這匹菊花青大馬，我必得說，我覺到了驕傲與得意！

按說，這回的差事總算過得去了，憑那一身衣裳與那匹馬還不值得高高興興的混嗎？哼！新制服還沒穿過三個月，馮大人吹了臺，警衛隊也被解散；我又回去當三等警了。

十三

警衛隊解散了。爲什麼？我不知道。我被調到總局裡去當差，並且得了一面銅片的獎章，彷彿是說我在宅門裡立下了什麼功勞似的。在總局裡，我有時候管戶口冊子，有時候管鋪捐的帳簿，有時候值班守大門，有時候看管軍裝庫。這麼二三年的工夫，我又把局子裡的事情全明白了個大概。

加上我以前在街面上，衙門口和宅門裡的那些經驗，我可以算作個百事通了，裡裡外外的事，沒有我不曉得的。要提起警務，我是地道內行。可是一直到這個時候，當了十年的差，我才升到頭等警，每月掙大洋九元。

大傢伙或者以爲巡警都是站街的，年輕輕的好管閒事。其實，我們還有一大群人在區裡局裡藏著呢。假若有一天舉行總檢閱，你就可以看見些稀奇古怪的巡警：羅鍋腰[18]的，近視眼的，掉了牙的，瘸著腿的，無奇不有。這些怪物才眞是巡警中的鹽，他們都有資格有經驗，識文斷字，一切公文案件，一切辦事的訣竅，都在他們手裡呢。要是沒有他們，街上的巡警就非亂了營不可。這些人，可是永遠不會升騰起來；老給大家辦事，一點起色也沒有，平生連出頭露面的體面一次都沒有過。他們任勞任怨的辦事，一直到他們老得動不了窩，老是頭等警，掙九塊大洋。多喒你在街上看見：穿著洗得很乾淨的灰色大褂，腳底下可還穿著巡警的皮鞋，用腳後跟慢慢的走，彷彿支使不動那雙鞋似的，那就準是這路巡警。他們有時候也到大「酒缸」上，喝一個「碗酒」，就著十幾個花生豆兒，挺有規矩，一邊往下咽那點辣水，一邊歎著氣。頭髮已經有些白的了，嘴巴兒可還刮得很光，猛看很像個太監。他們很規則，和藹，會作事，他們連休息的時候還得穿著那雙不得人心的鞋！

18 羅鍋腰：羅鍋，駝背之意。羅鍋腰：駝背彎腰之意。

跟這群人在一處辦事，我長了不少的知識。可是，我也有點害怕：莫非我也就這樣下去了嗎？他們夠多麼可愛，又多麼可憐呢！看著他們，我心中時常忽然涼那麼一下，教我半天說不上話來。不錯，我比他們都年歲小，也不見得比他們不精明，可是我有希望沒有呢？年歲小？我也三十六了！

這幾年在局子裡可也有一樣好處，我沒受什麼驚險。這幾年，正是年年春秋準打仗的時期，旁人受的罪我先不說，單說巡警們就眞夠瞧的。一打仗，兵們就成了閻王爺，而巡警頭朝了下！要糧，要車，要馬，要人，要錢，全交派給巡警，慢一點送上去都不行。一說要烙餅一萬斤，得，巡警就得挨著家去到切麵鋪和烙燒餅的地方給要大餅；餅烙得，還得押著清道夫給送到營裡去；說不定還挨幾個嘴巴回來！

要單是這麼伺候著兵老爺們，也還好；不，兵老爺們還橫反呢。凡是有巡警的地方，他們非搗亂不可，巡警們管吧不好，不管吧也不好，活受氣。世上有糊塗人，我曉得；但是兵們的糊塗令我不解。他們只爲逞一時的字號大小，完全不講情理；不講情理也罷，反正得自己別吃虧呀；不，他們連自己吃虧不吃虧都看不出來，你說天下哪裡再找這麼糊塗的人呢。就說我的表弟吧，他已當過十多年的兵，後來幾年還老是排長，按說總該明白點事兒了。哼！那年打仗，他押著十幾名俘虜往營裡送。喝！他得意非常的在前面領著，彷彿是個皇上似的。他手下的弟兄都看出來，爲什麼不先解除了俘虜的武裝呢？他可就是不這麼辦，拍著胸膛說一點錯兒沒有。走到半路上，後面響了槍，他登時就死在了街上。他是我的表弟，我還能盼著他死嗎？可是這股子糊塗勁兒，教我也沒法抱怨開槍打他的人。有這樣一個例子，你也就能明白一點兵們是怎樣的難對付了。你要是告訴他，汽車別往牆上開，好啦，他就非去碰碰不可，把他自己碰死倒可以，他就是不能聽你的話。

在總局裡幾年，沒別的好處，我算是躲開了戰時的危險與受氣。自然囉！一打仗，煤米柴炭都漲價兒，巡警們也隨著大家一同受罪，不過我可以安坐在公事房裡，不必出去對付大兵們，我就得知足。

可是，在局裡我又怕一輩子就窩在那裡，永沒有出頭之日，有人情，可以升騰起來；沒人情而能在外邊拿賊辦案，也是個路子，我既沒人情，又不到街面上去，打哪兒升高一步呢？我越想越發愁。

十四

到我四十歲那年，大運亨通，我補了巡長！我顧不得想已經當了多少年的差，賣了多少力氣，和巡長才掙多少錢；都顧不得想了。我只覺得我的運氣來了！

小孩子拾個破東西，就能高興的玩耍半天，所以小孩子能夠快樂。大人們也得這樣，或者才能對付著活下去。細細一想，事情就全糟。我升了巡長，說眞的，巡長比巡警才多掙幾塊錢呢？掙錢不多，責任可有多麼大呢！往上說，對上司們事事得說出個譜兒來；往下說，對弟兄們得又精明又熱誠；對內說，差事得交得過去；對外說，得能不軟不硬的辦了事。這，比作知縣難多了。縣長就是一個地方的皇上，巡長沒那個身分，他得認眞辦事，又得敷衍事，眞眞假假，虛虛實實，哪一點沒想到就出蘑菇。出了蘑菇還是眞糟，往上升騰不易呀，往下降可不難呢。當過了巡長再降下來，派到哪裡去也不吃香：弟兄們咬吃，喝！你這作過巡長的，……這個那個的扯一堆。長官呢，看你是刺兒頭[19]，故意的給你小鞋穿，你怎麼忍也忍不下去。怎辦呢？哼！由巡長而降爲巡警，頂好乾脆捲舖蓋家去，這碗飯不必再吃了。可是，以我說吧，四十歲才升上巡長，眞要是捲了舖蓋，我幹麼去呢？

眞要是這麼一想，我登時就得白了頭髮。幸而我當時沒這麼想，只顧了高興，把壞事兒全放在了一旁。我當時倒這麼想：四十作上巡長，五十——哪怕是五十呢！——再作上巡官，也就算不白當了差。咱們非學校出身，又沒有大人情，能作到巡官還算小嗎？這麼一想，我簡直的拚了命，精神百倍的看著我的事，好像看著顆夜明珠似的！

作了二年的巡長，我的頭上眞見了白頭髮。我並沒細想過一切，可是天天揪著心，唯恐哪件事辦錯了，擔了處分。白天，我老喜笑顏開的打著精神辦公；夜間，我睡不實在，忽然想起一件事，我就受了一驚似的，翻來覆去的思索；未必能想出辦法來，我的睏意可也就不再回來了。

公事而外，我爲我的兒女發愁：兒子已經二十了，姑娘十八。福海——我的兒子——上過幾天私塾，幾天貧兒學校，幾天公立小學。字嗎，湊在一塊兒他大概能念下來第二冊國文；壞招兒，他可學會了不少，私塾的，貧兒學校的，公立小學的，他都學來了，到處準能考一百分，假若學校裡考壞招數的話。本來嗎，自幼失了娘，我又終年在外邊瞎混，他可不是愛怎麼反就怎麼反啵。我不恨鐵不成鋼去責備他，也不抱怨任何人，我只恨我的時運低，發不了財，不能好好的教育他。我不算對不起他們，我一輩子沒給他們弄個後娘，給他們氣受。至於我的時運不濟，只能當巡警，那並非是我的錯兒，人還能大過天去嗎？

福海的個子可不小，所以很能吃呀！一頓胡摟[20]三大碗芝麻醬拌麵，有時候還說不很飽呢！就憑他這個吃法，他再有我這麼兩份兒爸爸也不中用！我供給不起他上中學，他那點「秀氣」也沒法考上。我得給他找事作。哼！他會作什麼呢？從老早，我心裡就這麼嘀咕：我的兒子楞可去拉洋車，也不去當巡警；我這輩子當夠了巡警，不必世襲這份差事了！在福海十二三歲的時候，我教他去學手藝，他哭著喊著的一百個不去。不去就不去吧，等他長兩歲再說；對個沒娘的孩子不就得格外心疼嗎？到了十五歲，我給他找好了地方去學徒，他不說不去，可是我一轉臉，他就會跑回家來。幾次我送他走，幾次他偷跑回來。於是只好等他再大一點吧，等他心眼轉變過來也許就行了。

19 刺兒頭：頑固、不容易應付的人。

20 胡摟：收拾、歸攏之意，此指吃完、吃光。

哼！從十五到二十，他就楞荒荒[21]過來，能吃能喝，就是不愛幹活兒。趕到教我給逼急了：「你到底願意幹什麼呢？你說！」他低著腦袋，說他願意挑巡警！他覺得穿上制服，在街上走，既能掙錢，又能就手兒散心，不像學徒那樣永遠圈在屋裡。我沒說什麼，心裡可刺著痛。我給打了個招呼，他挑上了巡警。我心裡痛不痛的，反正他有事作，總比死吃我一口強啊。父是英雄兒好漢，爸爸巡警兒子還是巡警，而且他這個巡警還必定跟不上我。我到四十歲才熬上巡長，他到四十歲，哼！不教人家開革出來就是好事！沒盼望！我沒續娶過，因爲我咬得住牙。他呢，趕明兒個難道不給他成家嗎？拿什麼養著呢？

是的，兒子當了差，我心中反倒堵上個大疙疸[22]！再看女兒呀，也十八九了，緊自擱在家裡算怎回事呢？當然，早早撮出去的爲是，越早越好。給誰呢？巡警，巡警，還得是巡警？一個人當巡警，子孫萬代全得當巡警，彷彿掉在了巡警陣裡似的。可是，不給巡警還眞不行呢：論模樣，她沒什麼模樣；論教育，她自幼沒娘，只認識幾個大字；論賠送[23]，我至多能給她作兩件洋布大衫；論本事，她只能受苦，沒別的好處。巡警的女兒天生來的得嫁給巡警，八字造定，誰也改不了！

唉！給了就給了啵！撮出她去，我無論怎說也可以心淨一會兒。並非是我心狠哪，想想看，把她擱到二十多歲，還許就剩在家裡呢。我對誰都想對得起，可是誰又對得起我來著！我並不想嘮裡嘮叨的發牢騷，不過我願把事情都擱平了，誰是誰非，讓大家看。

當她出嫁的那一天，我眞想坐在那裡痛哭一場。我可是沒有哭；這也不是一半天的事了，我的眼淚只會在眼裡轉兩轉，簡直的不會往下流！

十五

兒子有了事作，姑娘出了閣，我心裡說：這我可能遠走高飛了！假若外邊有個機會，我楞把巡長擱下，也出去見識見識。什麼發財不發財的，我不能就窩囊這麼一輩子。

機會還眞來了。記得那位馮大人呀，他放了外任官。我不是愛看報嗎？得到這個消息，就找他去了，求他帶我出去。他還記得我，而且願意這麼辦。他教我去再約上三個好手，一共四個人隨他上任。我留了個心眼，請他自己向局裡要四名，作爲是撥遣。我是這麼想：假若日後事情不見佳呢，既省得朋友們抱怨我，而且還可以回來交差，有個退身步。他看我的辦法不錯，就指名向局裡調了四個人。

這一喜可非同小喜。就憑我這點經驗知識，管保說，到哪兒我也可以作個很好的警察局局長，一點不是瞎吹！一條狗還有得意的那一天呢，何況是個人？我也該抖兩天了，四十多歲還沒露過一

21楞荒荒：荒荒，此為迷茫黯淡之意。楞荒荒：糊裡糊塗度日之意。
22疙疸：讀作「歌膽」，即疙瘩，此指心中有事、有煩憂。
23賠送：也作陪送、陪嫁，是女子出嫁時，娘家為其置備的妝奩。

回臉呢！

果然，命令下來，我是衛隊長；我樂得要跳起來。哼！也不是咱的命不好，還是馮大人的運不濟；還沒到任呢，又撤了差。貓咬尿泡，瞎歡喜一場！幸而我們四個人是調用，不是辭差；馮大人又把我們送回局裡去了。我的心裡既爲這件事難過，又爲回局裡能否還當巡長發愁，我臉上瘦了一圈。

幸而還好，我被派到防疫處作守衛，一共有六位弟兄，由我帶領。這是個不錯的差事，事情不多，而由防疫處開我們的飯錢。我不確實的知道，大概這是馮大人給我說了句好話。

在這裡，飯錢既不必由自己出，我開始攢錢，爲是給福海娶親——只剩了這麼一檔子該辦的事了，爽性早些辦了吧！

在我四十五歲上，我娶了兒媳婦——她的娘家父親與哥哥都是巡警。可倒好，我這一家子，老少裡外，全是巡警，湊吧湊吧，就可以成立個員警分所！

人的行動有時候莫名其妙。娶了兒媳婦以後，也不知怎麼我以爲應當留下鬍子，才夠作公公的樣子。我沒細想自己是幹什麼的，直入公堂的就留下鬍子了。小黑鬍子在我嘴上，我撚上一袋關東煙，覺得挺夠味兒。本來嗎，姑娘聘出去了，兒子成了家，我自己的事又挺順當，怎能覺得不是味兒呢？

哼！我的鬍子惹下了禍。總局局長忽然換了人，新局長到任就檢閱全城的巡警。這位老爺是軍人出身，只懂得立正看齊，不懂得別的。在前面我已經說過，局裡區裡都有許多老人們，長相不體面，可是辦事多年，最有經驗。我就是和局裡這群老手兒排在一處的，因為防疫處的守衛不屬於任何警區，所以檢閱的時候便隨著局裡的人立在一塊兒。

當我們站好了隊，等著檢閱的時候，我和那群老人們還有說有笑，自自然然的。我們心裡都覺得，重要的事情都歸我們辦，提哪一項事情我們都知道，我們沒升騰起來已經算很委屈了，誰還能把我們踢出去嗎？上了幾歲年紀，誠然，可是我們並沒少作事兒呀！即使說老朽不中用了，反正我們都至少當過十五六年的差，我們年輕力壯的時候是把精神血汗耗費在公家的差事上，衝著這點，難道還不留個情面嗎？誰能夠看狗老了就一腳踢出去呢？我們心中都這麼想，所以滿沒把這回事放在心裡，以為新局長從遠處撩我們一眼也就算了。

局長到了，大個子胸前掛滿了徽章，又是喊，又是蹦，活像個機器人。我心裡打開了鼓。他不按著次序看，一眼看到我們這一排，他猛虎撲食似的就跑過來了。岔開腳，手握在背後，他向我們點了點頭。然後忽然他一個箭步跳到我們跟前，抓起一個老書記生的腰帶，像摔跤似的往前一拉，幾乎把老書記生拉倒；抓著腰帶，他前後搖晃了老書記生幾把，然後猛一撒手，老書記生摔了個屁股墩。局長對準了他就是兩口唾沫，「你也當巡警！連腰帶都繫不緊？來！拉出去斃了！」

我們都知道，憑他是誰，也不能槍斃人。可是我們的臉都白了，不是怕，是氣的。那個老書記生坐在地上，哆嗦成了一團。

局長又看了看我們，然後用手指劃了條長線，「你們全滾出去，別再教我看見你們！你們這群東西也配當巡警！」說完這個，彷彿還不解氣，又跑到前面，扯著脖子喊：「是有鬍子的全脫了制服，馬上走！」

有鬍子的不止我一個，還都是巡長巡官，要不然我也不敢留下這幾根惹禍的毛。

二十年來的服務，我就是這麼被刷下來了。其實呢，我雖四十多歲，我可是一點也不顯著老蒼，誰教我留下了鬍子呢！這就是說，當你年輕力壯的時候，你把命賣上，一月就是那六七塊錢。你的兒子，因為你當巡警，不能讀書受教育；你的女兒，因為你當巡警，也嫁個窮漢去吃窩窩頭。你自己呢，一長鬍子，就算完事，一個銅子的恤金養老金也沒有，服務二十年後，你教人家一腳踢出來，像踢開一塊礙事的磚頭似的。五十以前，你沒掙下什麼，有三頓飯吃就算不錯；五十以後，你該想主意了，是投河呢，還是上吊呢？這就是當巡警的下場頭。

二十年來的差事，沒作過什麼錯事，但我就這樣捲了鋪蓋。

弟兄們有含著淚把我送出來的，我還是笑著；世界上不平的事可多了，我還留著我的淚呢！

十六

窮人的命——並不像那些施捨稀粥的慈善家所想的——不是幾碗粥所能救活了的；有粥吃，不過多受幾天罪罷了，早晚還是死。我的履歷就跟這樣的粥差不多，它只能幫助我找上個小事，教我多受幾天罪；我還得去當巡警。除了說我當巡警，我還眞沒法介紹自己呢！它就像顆不體面的痣或瘤子，永遠跟著我。我懶得說當過巡警，懶得再去當巡警，可是不說不當，還眞連碗飯也吃不上，多麼可惡呢！

歇了沒有好久，我由馮大人的介紹，到一座煤礦上去作衛生處主任，後來又升爲礦村的員警分所所長；這總算運氣不壞。在這裡我很施展了些我的才幹與學問：對村裡的工人，我以二十年服務的經驗，管理得眞叫不錯。他們聚賭，鬥毆，罷工，鬧事，醉酒，就憑我的一張嘴，就事論事，乾脆了當，我能把他們說得心服口服。對弟兄們呢，我得親自去訓練。他們之中有的是由別處調來的，有的是由我約來幫忙的，都當過巡警；這可就不容易訓練，因爲他們懂得一些員警的事兒，而想看我一手兒。我不怕，我當過各樣的巡警，裡裡外外我全曉得；憑著這點經驗，我算是沒被他們給撅了。對內對外，我全有辦法，這一點也不瞎吹。

假若我能在這裡混上幾年，我敢保說至少我可以積攢下個棺材本兒，因爲我的餉銀差不多等於一個巡官的，而到年底還可以拿一筆獎金。可是，我剛作到半年，把一切都布置得有個大概了，哼！我被人家頂下來了。我的罪過是年老與過於認眞辦事。弟兄們滿可以拿些私錢，假若我肯睜著一隻閉著一隻眼的話。我的兩眼都睜著，種下了毒。對外也是如此，我明白員警的一切，所以我要本著良心把此地的警務辦得完完全全，眞像個樣兒。還是那句話，人民要不是眞正的人民，辦員警是多此一舉，越辦得好越招人怨恨。自然，容我辦上幾年，大家也許能看出它的好處來。可是，人家不等辦好，已經把我踢開了。

在這個社會中辦事，現在才明白過來，就得像發給巡警們皮鞋似的。大點，活該！小點，擠腳？活該！什麼事都能辦通了，你打算合大家的適，他們要不把鞋打在你臉上才怪。這次的失敗，因爲我忘了那三個寶貝字——「湯兒事」，因此我又捲了鋪蓋。

這回，一閒就是半年多。從我學徒時候起，我無事也忙，永不懂得偷閒。現在，雖然是奔五十的人了，我的精神氣力並不比那個年輕小夥子差多少。生讓我閒著，我怎麼受呢？由早晨起來到日落，我沒有正經事作，沒有希望，跟太陽一樣，就那麼由東而西的轉過去；不過，太陽能照亮了世界，我呢，心中老是黑糊糊的。閒得起急，閒得要躁，閒得討厭自己，可就是摸不著點兒事作。想起過去的勞力與經驗，並不能自慰，因爲勞力與經驗沒給我積攢下養老的錢，而我眼看著就是挨餓。我不願人家養著我，我有自己的精神與本事，願意自食其力的去掙飯吃。我的耳目好像作賊的那麼尖，只要有個消息，便趕上前去，可是老空著手回來，把頭低得無可再低，眞想一跤摔死，倒也爽快！還沒到死的時候，社會像要把我活埋了！晴天大日頭的，我覺得身子慢慢往土裡陷；什麼缺德的事也沒作過，可是受這麼大的罪。一天到晚我叼著那根煙袋，裡邊並沒有菸，只是那麼叼著，算個「意思」而已。我活著也不過是那麼個「意思」，好像專爲給大家當笑話看呢！好容易，我弄到個事：到河南去當鹽務緝私隊的隊兵。隊兵就隊兵吧，有飯吃就行呀！借了錢，打點行李，我把鬍子剃得光光的上了「任」。

半年的工夫，我把債還清，而且升爲排長。別人花兩個，我花一個，好還債。別人走一步，我走兩步，所以升了排長。委屈並擋不住我的努力，我怕失業。一次失業，就多老上三年，不餓死，也憋悶死了。至於努力擋得住失業擋不住，那就難說了。

我想——哼！我又想了！——我既能當上排長，就能當上隊長，不又是個希望嗎？這回我留了神，看人家怎作，我也怎作。人家要私錢，我也要，我別再為良心而壞了事；良心在這年月並不值錢。假若我在隊上混個隊長，連公帶私，有幾年的工夫，我不是又可以剩下個棺材本兒嗎？我簡直的沒了大志向，只求腿腳能動便去勞動；多咱動不了窩，好，能有個棺材把我裝上，不至於教野狗們把我嚼了。我一眼看著天，一眼看著地。我對得起天，再求我能靜靜的躺在地下。並非我以老賣老，我才五十來歲；不過，過去的努力既是那麼白幹一場，我怎能不把眼睛放低一些，只看著我將來的墳頭呢！我心裡是這麼想，我的志願既這麼小，難道老天爺還不睜開點眼嗎？

來家信，說我得了孫子。我要說我不喜歡，那簡直不近人情。可是，我也必得說出來：喜歡完了，我心裡涼了那麼一下，不由的自言自語的嘀咕：「哼！又來個小巡警吧！」一個作祖父的，按說，哪有給孫子說喪氣話的，可是誰要是看過我前邊所說的一大片，大概誰也會原諒我吧？有錢人家的兒女是希望，沒錢人家的兒女是累贅；自己的肚中空虛，還能顧得子孫萬代，和什麼「忠厚傳家久，詩書繼世長」嗎？

我的小煙袋鍋兒裡又有了菸葉，叼著煙袋，我咂摸著將來的事兒。有了孫子，我的責任還不止於剩個棺材本兒了；兒子還是三等警，怎能養家呢？我不管他們夫婦，還不管孫子嗎？這教我心中忽然非常的亂，自己一年比一年的老，而家中的嘴越來越多，哪個嘴不得用窩窩頭塡上呢！我深深的打了幾個嗝兒，胸中彷彿橫著一口氣。算了吧，我還是少思索吧，沒頭兒，說不盡！個人的壽數是有限的，困難可是世襲的呢！子子孫孫，萬年永實用，窩窩頭！

風雨要是都按著天氣預測那麼來，就無所謂狂風暴雨了。困難若是都按著咱們心中所思慮的一步一步慢慢的來，也就沒有把人急瘋了這一說了。我正盤算著孫子的事兒，我的兒子死了！

他還並沒死在家裡呀！我還得去運靈。

福海，自從成家以後，很知道要強。雖然他的本事有限，可是他懂得了怎樣盡自己的力量去作事。我到鹽務緝私隊上來的時候，他很願意和我一同來，相信在外邊可以多一些發展的機會。我攔住了他，因爲怕事情不穩，一下子再教父子同時失業，如何得了。可是，我前腳離開了家，他緊隨著也上了威海衛[24]。他在那裡多掙兩塊錢。獨自在外，多掙兩塊就和不多掙一樣，可是窮人想要強，就往往只看見了錢，而不多合計合計。到那裡，他就病了；捨不得吃藥。及至他躺下了，藥可也就沒了用。

把靈運回來，我手中連一個錢也沒有了。兒媳婦成了年輕的寡婦，帶著個吃奶的小孩，我怎麼辦呢？我沒法再出外去作事，在家鄉我又連個三等巡警也當不上，我才五十歲，已走到了絕路。我羨慕福海，早早的死了，一閉眼三不知；假若他活到我這個歲數，至好也不過和我一樣，多一半還許不如我呢！兒媳婦哭，哭得死去活來，我沒有淚，哭不出來，我只能滿屋裡打轉，偶爾的冷笑一聲。

以前的力氣都白賣了。現在我還得拿出全套的本事，去給小孩子找點粥吃。我去看守空房；我去幫著人家賣菜；我去作泥水匠的小工子活；我去給人家搬家……除了拉洋車，我什麼都作過了。無論作什麼，我還都賣著最大的力氣，留著十分的小心。五十多了，我出的是二十歲的小夥子的力氣，肚子裡可是只有點稀粥與窩窩頭，身上到冬天沒有一件厚實的棉襖，我不求人白給點什麼，還講仗著力氣與本事掙飯吃，豪橫了一輩子，到死我還不能輸這口氣。時常我挨一天的餓，時常我沒有煤上火，時常我找不到一撮兒菸葉，可是我絕不說什麼；我給公家賣過力氣了，我對得住一切的人，我心裡沒毛病，還說什麼呢？我等著餓死，死後必定沒有棺材，兒媳婦和孫子也得跟著餓死，那只好就這樣吧！誰教我是巡警呢！我的眼前時常發黑，我彷彿已摸到了死，哼！我還笑，笑我這一輩的聰明本事，笑這出奇不公平的世界，希望等我笑到末一聲，這世界就換個樣兒吧！

——原載於一九三七年七月《文學》第九卷第一期，後收錄於一九三九年出版之短篇小說集《火車集》

24威海衛：位在山東半島北端的威海市，是一處重要軍港。

代跋——人物、語言及其他

短篇小說很容易同通訊報導混淆。寫短篇小說時，就像畫畫一樣，要色彩鮮明，要刻劃出人物形象。所謂刻劃，並非指花紅柳綠地做冗長的描寫，而是說，要三言兩語勾畫出人物的性格，樹立起鮮明的人物形象來。

人物

一般的說，作品最容易犯的毛病是：人物太多，故事性不強。〈林海雪原〉之所以吸引人，就是故事性極強烈。當然，短篇小說不可能有許多故事情節，因此，必須選擇了又選擇，選出最激動人心的事件，把精華寫出來。寫人更要這樣，作者可以虛構、想像，把很多人物事件集中寫到一兩個人物身上，塑造典型的人物。短篇中的人物一定要集中，集中力量寫好一兩個主要人物，以一當十，其他人物是圍繞主人公的配角，適當描畫幾筆就行了。無論人物和事件都要集中，因爲短篇短，容量小。

有些作品爲什麼見物不見人呢？這原因在於作者。不少作者常常有一肚子故事，他急於把這些動人的故事寫出來，直到動筆的時候，才想到與事件有關的人物，於是，人物只好隨著事件走，而人物形象往往模糊、不完整、不夠鮮明。世界上的著名的作品大都是這樣：反映了這個時代人物的面貌，不是寫事件的過程，不是按事件的發展來寫人，而是讓事件爲人物服務。還有一些名著，情節很多，讀過後往往記不得，記不全，但是，人物卻都被記住，所以成爲名著。

我們寫作時，首先要想到人物，然後再安排故事，想想讓主人公代表什麼，反映什麼，用誰來陪襯，以便突出這個人物。這裡，首先遇到的問題：是寫人呢？還是寫事？我覺得，應該是表現足以代表時代精神的人物，而不是爲了別的。一定要根據人物的需要來安排事件，事隨著人走；不要叫事件控制著人物。譬如，關於洋車夫的生活，我很熟悉，因爲我小時候很窮，接觸過不少車夫，知道不少車夫的故事，但那時我並沒有寫〈駱駝祥子〉的意圖。有一天，一個朋友和我聊天，說有一個車夫買了三次車，丟了三次車，以至悲慘地死去。這給我不少啓發，使我聯想起我所見到的車夫，於是，我決定寫舊社會裡一個車夫的命運和遭遇，把事件打亂，根據人物發展的需要來寫，寫成了〈駱駝祥子〉。

寫作時一定要多想人物，常想人物。選定一個特點去描畫人物，如說話結巴，這是膚淺的表現方法，主要的是應賦予人物性格特徵。先想他會幹出什麼來，怎麼個幹法，有什麼樣膽識，而後用突出的事件來表現人物，展示人物性格。要始終看定一兩個主要人物，不要使他們寫著寫著走了樣子。貪多，往往會叫人物走樣子的。《三國演義》看上去情節很多，但事事都從人物出發。諸葛亮死了還嚇了司馬懿一大跳，這當然是作者有意安排上去的，目的就是爲了豐富諸葛亮這個人物。《紅日》中，大多數人物寫得好，但有些人就沒有寫好，這原因是人物太多了，有些人物，作者不夠熟悉，掌握不住。《林海雪原》裡的白茹也沒寫得十分好，這恐怕是作者曲波對女性還瞭解得不多的緣故。因此不必要的、不熟悉的就不寫，不足以表現人物性格的不寫。貪圖表現自己知識豐富，力求故事多，那就容易壞事。

寫小說和寫戲一樣，要善於支配人物，支配環境（寫出典型環境、典型人物），如要表現炊事員，光把他放在廚房裡燒鍋煮飯，就不易出戲，很難寫出吸引人的場面；如果寫部隊在大沙漠裡鋪軌，或者在激戰中兵士們正需要喝水吃飯、非常困難的時候，把炊事員安排進去，作用就大了。

無論什麼文學形式，一寫事情的或運動的過程就不易寫好，如有個作品寫高射炮兵作戰，又是講炮的性能、炮的口徑，又是紅綠信號燈如何調炮……就很難使人家愛看。文學作品主要是寫人，寫人的思想活動，遇到什麼困難，怎樣克服，怎樣鬥爭……寫寫技術也可以，但不能貪多，因爲這不是文學主要的任務。學技術，那有技術教科書嘛！

刻劃人物要注意從多方面來寫人物性格。如寫地主，不要光寫他凶殘的一面，把他寫得像個野獸，也要寫他僞善的一面。寫他的生活、嗜好、習慣、對不同的人不同的態度……多方面寫人物的性格，不要小胡同裡趕豬——直來直去。

當你寫到戲劇性強的地方，最好不要寫他的心理活動，而叫他用行動說話，來表現他的精神面貌。如果在這時候加上心理描寫，故事的緊張就馬上弛緩下來。《水滸》上的魯智深、石秀、李逵、武松等人物的形象，往往用行動說話，來表現他們的性格和精神面貌，這個寫法是很高明的。《水滸》上，武松打虎的一段，寫武松見虎時心裡是怕的，但王少堂先生說評書又做了一番加工：武松看見了老虎，便說「啊！我不打死它，它會傷人喲！好！打！」，這樣一說，把武松這個英雄人物的性格表現得更有聲色了。這種藝術的誇張，是有助於塑造英雄人物的形象的！我們寫新英雄人物，要大膽些，對英雄人物的行動，爲什麼不可以做適當的藝術誇張呢？

爲了寫好人物，可以把五十萬字的材料只寫二十萬字；心要狠一些。過去日本人燒了商務印書館的圖書館，把我一部十萬多字的小說原稿也燒掉了。後來，我把這十萬字的材料寫成了一個中篇〈月牙兒〉[1]。當然，這是其中的精華。這好比割肉一樣，肉皮肉膘全不要，光要肉核（最好的肉）。魯迅的作品[2]，文字十分精練，人物都非常成功，而有些作家就不然，寫到事往往就無節制地大寫特寫，把人蓋住了。最近，我看到一幅描繪密雲水庫[3]上的人們幹勁衝天的畫，畫中把山畫

1〈月牙兒〉：收錄於好讀版本的《老舍短篇小說選集》。
2魯迅的作品：詳見好讀版本的《魯迅經典小說集》。
3密雲水庫：位在北京市東北部，為華北地區最大的水庫。

得很高很大很雄偉，人呢？卻小得很，這怎能表現出人們的幹勁呢？看都看不到啊！事件的詳細描寫總在其次；人，才是主要的。因爲有永存價値的是人，而不是事。

語言

語言的運用對文學是非常重要的。有的作品文字色彩不濃，首先是邏輯性的問題。我寫作中有一個竅門，一個東西寫完了，一定要再唸再唸再唸，唸給別人聽（聽不聽在他），看唸得順不順？準確不？彆扭不？邏輯性強不？……看看句子是否有不夠妥當之處。我們不能爲了文字簡練而簡略。簡練，不是簡略、意思含糊，而是看邏輯性強不強，準確不準確。只有邏輯性強而又簡單的語言才是眞正的簡練。

運用文字，首先是準確，然後才是出奇。文字修辭、比喻、聯想假如並不出奇，用了反而使人感到庸俗。講究修辭並不是濫用形容詞，而是要求語言準確而生動。文字鮮明不鮮明，不在於用一些有顏色的字句。一千字的文章，我往往寫三天，第一天可能就寫成，第二天、第三天加工修改，把那些陳詞濫調和廢話都刪掉。這樣做是否會使色彩不鮮明呢？不，可能更鮮明些。文字不怕樸實，樸實也會生動，也會有色彩。齊白石先生畫的小雞，雖只那麼幾筆，但墨分五彩，能使人看出來許多顏色。寫作對堆砌形容詞不好。語言的創造，是用普通的文字巧妙地安排起來的，不要硬造字句，如「他們在思謀……」，「思謀」不常用，不如用「思索」倒好些，既現成也易懂。寧可寫得老實些，也別生造。

文學是語言的藝術，我們是語言的運用者，要想辦法把「話」說好，不光是要注意「說什麼」，而且要注意「怎麼說」。注意「怎麼說」才能表現出自己的語言風格。各人的「說法」不同，各人的風格也就不一樣。「怎麼說」是思考的結果，侯寶林的相聲之所以逗人笑，並不只因他的嘴有功夫，而是因爲他的想法合乎笑的規律。寫東西一定要善於運用文字，苦苦思索，要讓人家看見你的思想風貌。

用什麼語言好呢？過去我很喜歡用方言，《龍鬚溝》[4]裡就有許多北京方言。在北京演出還好，觀眾能懂，但到了廣州就不行了，廣州沒有這種方言。連翻譯也沒法翻譯。這次寫《女店員》[5]我就注意用普遍話。推廣普遍話，文學工作者都有責任。用一些富有表現力的方言，加強鄉土氣息，不是不可以，但不要貪多；沒多少意義的、不易看懂的方言，乾脆去掉爲是。

小說中，人物對話很重要。對話是人物性格的索隱，也就是什麼樣的人說什麼樣的話。一個人物的性格掌握住了，再看他在什麼時間、什麼地點，就可以琢磨出他將會說什麼與怎麼說。寫對話的目的是爲了使人物性格更鮮明，而不只是爲了交代情節。《紅樓夢》的對話寫得很好，通過對話

4《龍鬚溝》：老舍創作於一九五〇年的一齣話劇。

5《女店員》：老舍創作於一九五九年的一齣話劇。

可以使人看見活生生的人物。

關於文字表現技巧，不要光從一方面來練習，一棵樹吊死人，要多方面練習。一篇小說寫完後，可試著再把它寫成話劇（當然不一定發表），這會有好處的。話劇主要是以對話來表達故事情節，展示人物性格，每句話都要求很精練，很有作用。我們也應當學學寫詩，舊體詩也可以學學，不摸摸舊體詩，就沒法摸到中國語言的特點和奧妙。這當然不是要大家去寫舊體詩詞，而是說要學習我們民族語言的特色，學會表現、運用語言的本領，使作品中的文字千錘百鍊。這是要下一番苦工夫的。

小說的底，小說的形式

寫東西一定要求精練，含蓄。俗語說「寧吃鮮桃一口，不吃爛杏一筐」，這話是很值得深思的。不要使人家讀了作品以後，有「吃膩了」的感覺，要給人留出回味的餘地，讓人看了覺得：這兩口還不錯呀！我們現在有不少作品不太含蓄，直來直去，什麼都說盡了，沒有餘味可嚼。過去我接觸過很多拳師，也曾跟他們學過兩手，材料很多。可是不能把這些都寫上。我就撿最精彩的一段來寫：有一個老先生槍法很好，最拿手的是「斷魂槍」，這是幾輩祖傳的。外地有個老人學的槍法不少，就不會他這一套，於是千里迢迢來求教槍法，可是他不教，說了很多好話，還是不行。老人就走了，他見那老人走後，就把門鎖起來，把自己關在院內，一個人練他那套槍法。寫到這裡，我只寫了兩個字——「不傳」，就結束了。還有很多東西沒說，讓讀者去想。想什麼呢？就讓他們想想小說的「底」——許多好技術，就因個人的保守，而失傳了。

小說的「底」，在寫之前你就要找到。有些作者還沒想好了「底」就寫，往往寫到一半就寫不下去，結果只好放棄了。光想開頭，不想結尾，不知道「底」落在哪裡，是很難寫好的。「底」往往在結尾時才表現出來，「底」也可以說是你寫這小說的目的。如果你一上來把什麼都講了，那就是漏了「底」。比如，前面所說的學槍法的故事，就是叫你想想由於這類的「不傳」，我國從古到今有多少寶貴的遺產都被埋葬掉啦！寫相聲最怕沒有「底」，沒有「底」就下不了臺，有了「底」，就知道前面怎麼安排了。

小說所要表達的東西是多種多樣的。由於中國社會主義建設的需要，當前著重於寫建設，這是正確的。當然，也可以寫其他方面的生活。在寫作時，若只憑有過這麼回事，湊合著寫下來，就不容易寫好；光知道一個故事，而不知道與這故事有關的社會生活，也很難寫好。

小說的形式也是多種多樣的，有書信體，日記體，還有……資本主義國家有些作品，思想性並不強，可是寫得那麼抒情，那麼有色彩，能給人以藝術上的欣賞。這種作品雖然沒有什麼教育意義，我們不一定去學，但多看一看，也有好處。現在我們講百花齊放，我看，放得不夠的原因之一，就是知道得不多，特別是世界名著和我國的優秀傳統知道得不多。

生活知識也是一樣，越博越好，瞭解得越深越透徹越好。因此，對生活要多體驗、多觀察，培養多方面的興趣，盡可能去多接觸一些事物。就是花木鳥獸、油鹽醬醋也都應注意一下，什麼時候用著它很難預料，但知道多了，用起來就很方便。在生活中看到的，隨時記下來，看一點，記一點，日積月累，日後大有用處。

在表現形式上不要落舊套，要大膽創造，因爲生活是千變萬化的，不能按老套子來寫。任何一種文學藝術形式一旦一成不變，便會衰落下去。因此，我們要想各種各樣的法子衝破舊的套子，這就要敢想、敢說、敢幹。「五四」時期打破了舊體詩、文言文的格式，這是個了不起的文化革命！文學藝術，要不斷革新，一定要創造出新東西，新的樣式。如果大家都寫得一樣，那還互相交流什麼？正因爲各有不同，才互相觀摩，取長補短，共同提高。新創造的東西，可能有些人看著不大習慣，但大家可以辯論呀！希望大家在文學形式上能有所突破，有新的創造！

——原收錄於老舍在一九六四年出版之雜文集《出口成章》

生命是多麼不易安排的東西呢！
今天的漂亮是今天的生活，
明天自有明天照管著自己。

國家圖書館出版品預行編目資料

老舍短篇小說選集 2 / 老舍著
——初版——臺中市：好讀，2024.02
面；　　公分——（典藏經典；150）

ISBN 978-986-178-699-5（平裝）

857.63　　112022015

好讀出版

典藏經典 150

老舍短篇小說選集 2

填寫線上讀者回函
請掃描 QRCODE

作　者／老舍
總編輯／鄧茵茵
文字編輯／簡綺淇
美術編輯／王廷芬

發行所／好讀出版有限公司
407 台中市西屯區工業區 30 路 1 號
407 台中市西屯區大有街 13 號（編輯部）
TEL:04-23157795　FAX:04-23144188　http://howdo.morningstar.com.tw
（如對本書編輯或內容有意見，請來電或上網告訴我們）
法律顧問／陳思成律師

總經銷／知己圖書股份有限公司
106 台北市大安區辛亥路一段 30 號 9 樓
TEL：02-23672044　02-23672047　FAX：02-23635741
407 台中市西屯區工業 30 路 1 號
TEL：04-23595819 FAX：04-23595493

電子信箱／ service@morningstar.com.tw
網路書店／ http://www.morningstar.com.tw
讀者專線／ 04-23595819 # 212
郵政劃撥／ 15060393（戶名：知己圖書股份有限公司）

印刷／上好印刷股份有限公司
初版／西元 2024 年 2 月 1 日
定價／ 300 元
如有破損或裝訂錯誤，請寄回 407 台中市西屯區工業區 30 路 1 號更換（好讀倉儲部收）

Published by How Do Publishing Co., Ltd.
2024 Printed in Taiwan

ISBN 978-986-178-699-5